有爱的青春陪伴者

每个人的人生会经历很多阶段。

在春舒单调的人生里，只有两个阶段。

——　遇见梁嘉词之前。

——　遇见梁嘉词之后。

送你春花

初厘 著

江苏凤凰文艺出版社
JIANGSU PHOENIX LITERATURE AND ART PUBLISHING

图书在版编目（CIP）数据

送你春花 / 初厘著. -- 南京 : 江苏凤凰文艺出版社, 2025.9. -- ISBN 978-7-5594-9855-7

Ⅰ. I247.5

中国国家版本馆CIP数据核字第2025N8E752号

送你春花

初厘 著

责任编辑	王昕宁
责任印制	杨 丹
特约编辑	嘎 嘎
出版发行	江苏凤凰文艺出版社
	南京市中央路165号，邮编：210009
网 址	http://www.jswenyi.com
印 刷	天津睿和印艺科技有限公司
开 本	880mm×1230mm 1/32
印 张	9
字 数	183千字
版 次	2025年9月第1版
印 次	2025年9月第1次印刷
书 号	ISBN 978-7-5594-9855-7
定 价	42.80元

江苏凤凰文艺版图书凡印刷、装订错误，可向出版社调换，联系电话025-83280257

目录

卷一·反方向的钟 /001

第一章　毫无预兆的怦然心动 / 002

第二章　他弹贝斯特别帅！/ 031

第三章　看上小学妹了？/ 059

第四章　耳边的雏菊 / 087

第五章　一首只为你唱的歌 / 112

卷二·少女的祈祷 /131

第六章　在一起久一点，再久一点 / 132

第七章　他是按响门铃的人 / 158

第八章　不敢回应的爱 / 172

第九章　"舒舒，我不会放手的。" / 199

第十章　再看一眼春花 / 227

终卷·稗子的春天 **/249**

第十一章　最后的最后 / 250

番外卷 **/262**

番外一　第 27 束春花 / 263

番外二　浮生一梦 / 273

目录

CONTENTS

卷一

反方向的钟

第一章
毫无预兆的怦然心动

送你春花

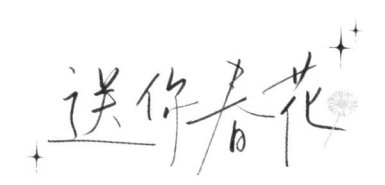

江都四月多雨,雷声清脆,初夏降临,雨下一次凉一阵,持续时间不久,气温回升,闷热潮湿。

今年天气奇怪,不像往年春暖花开的四月天。才卸下冬袄,还未来得及享受春天不冷不热的舒适天气,立马热了起来,毫无防备地进入了初夏。

但对于一贯变化多端的江都天气,一切都能解释得过去。

本来南方的天就是一夜入冬、一夜入夏,更夸张的,一天能过四季,街上的人穿衣服是各穿各的,四季衣衫皆有。

春舒站在汽车客运站的自动售票机前,按着指示把二代身份证贴在感应处,在屏幕触屏前犹豫下不去手。

她不知道要去哪儿，脑子里只有一个念头——去一个四季分明的城市。

这才四月，万一她能赶上别的城市的春天呢？

万一永远只能是万一，摆在她眼前的事实是，客运车能去的最远地方是隔壁省，车程三天两夜，她的身体根本不能承受。若不是情况特殊，坐动车真的能赶上别的城市的春天。

春舒想，既然见春有困难，那便去见海吧。

她点下"濛城"，弹出购买页面。

此刻的春舒并不知道这会是一段铭记终生的旅程，将会是她在人世间见过的最繁盛、最温柔的春天。

春舒听着机器自动打票的"刺啦"声，内心烧灼，不安感狂生，警惕地观察四周，好不容易压下的恐慌频繁冒出。她死死地盯着出票口，默念那一张出逃江都的车票快点吐出，好用作封条，把内心的恐惧封下。

长达一分钟的"刺啦"声停止，车票落下，砸到铁皮上。一声轻微的闷响还未响完，春舒把手伸进去，用力抓住一角，平整的车票瞬间起了褶皱。接着，她转身跑进候车大厅，可见她有多么心切。

如今大一的春舒从没自己出过远门，倒是看过一些社会新闻，知道在车站表现得鬼鬼祟祟很容易被巡警当作犯罪嫌疑人抓去询问。

担心行踪曝光，她放缓步子，拉起口罩，学着前面的路人，假装是来赶车的旅客，阔步走进喧哗的人潮。

磕磕绊绊地过完安检,她有样学样,照着前面人的动作刷身份证验明身份。

过了安检,她对着车票上的车辆信息犯愁。机器里的墨水快没了,打印出来的字浅浅的,差点儿瞧不清楚,不知道在几号口候车。

费了老大的劲,终于站在去濛城的大巴车前,春舒松了口气,仿佛逃命的亡徒寻到一个暂且能休息喘气的安全地。

不是仿佛,春舒就是在逃跑。

逃离父母,在他们发现之前离开。

春舒走上车,车厢里的闷臭味扑面而来,隔着口罩也能闻到,她小小地干呕了下。

她从没坐过大巴,出行几乎都是私家车,眼前还是有年头的大巴,她有点露怯。

但出逃的想法秒速驱赶怯意,她坚定要赶在落日之前离开江都。

春舒捂紧口罩,扶上生锈脱皮的扶手,跨上高高的车厢台阶,忽然有失重的眩晕感冲到脑子里,扯到神经,疼了一下,她脸色变得苍白。

一定是心中的恐惧,哪有一上车就身体不舒服的。

在心里再三安抚自己后,她继续往里走,走到票上指定的位置,倒数第二排,靠窗。

到时,靠窗的位置已经有人。

男人穿着白色黑边的冲锋衣,抱着手,慵懒地靠睡着,鸭舌帽扣在脸上，挡住了容貌。窗外的夕阳透窗落进车厢，在他黑色利落的短发上折射出几个小亮块，能看到空气中飘荡的微粒子，空间狭小，他修长的长腿有些无处安放，局促地屈着。

他坐的是她的位置。

春舒不好意思吵醒熟睡的男人，心想着等他醒来再换，抱着书包坐在靠近过道的位置。嗅到身旁男人衣衫上清香的洗衣液味，喉里回甘，她挺直腰杆，紧紧地抓着布包的边缘。

七点一刻，车子出站，春舒高悬的心轻轻又重重地放下。

半路上遇到交警查车，前面一辆电驴横穿马路，大巴急刹，所有人受到惯性影响，往前撞去。

春舒磕到鼻子，酸溜溜的感觉从鼻喉扩散，耳朵刺痛，生理泪水狂涌而出。

膝盖突然被撞，吓得她如受惊的小鹿往后缩，她转过脸，猝不及防地对上一张帅气的脸，心脏收紧，漏了一拍。

但此时这张好看的脸上全是不爽，周遭气压低沉，让人秒想到高中校园里总有这么几个不好招惹的混混。

春舒认出男人是和她同校的梁嘉词。

作为大一新生的春舒，在一进学校的军训晚间，就听八卦小群体说过他的传奇故事。

梁嘉词是江都大学出了名的"钉子户"，研究生延毕两年，他的硕导因此风评被害，今年差点招不到研究生。

因为各种不可控因素，选择延毕的人不少，梁嘉词出名是有原因的。

他长得帅，会乐器，是学校星暴乐队的主唱和贝斯手，代步工具不是跑车就是机车，玩的全部是烧钱的玩意儿，做事随心所欲，是个出了名不好惹的疯角色。

这会儿，一直惦记和对方换位的春舒沉默了，觉得这个位置也挺好的，不一定非要靠窗，别惹是生非就好。

售票员站起身，说明情况，让大家少安毋躁。

梁嘉词把衣服拉链拉到最顶端，堪堪露出高挺的鼻梁，最后把帽子扣到脸上，全部挡住，抱手继续睡觉。

大巴车重新出发，春舒的腰杆子才敢微弯，焦虑消减。

艳阳天的傍晚是绚丽的余晖，在经过跨江大桥时，春舒看向窗外，被一抹层层叠叠的醺色云惊艳，痴傻地盯着，挪不开眼。待到树影映入眼帘、大厦遮住云朵，她才回神，默默在内心勾勒十分钟前的画面，想要永生记住。

进入郊区后，余晖散尽，夜幕四起，苍穹之上点点白星冒头，微微闪烁。没了太阳的夜风冷飕飕的，斑驳的树影变得阴森可怖。

可春舒一点也不怕，压抑着的狂热要溢出，她迫不及待地想要抵达目的地。

车子停在中途服务区，司机站起身说休息二十分钟，旅客陆续下车。车厢昏暗，只有前面一盏微弱的灯亮着，周遭异常地安静。

只有她和梁嘉词还未动身。

男人的呼吸绵长,还在熟睡中,不像出门旅行,更像是找地方睡觉的。

春舒放下书包,下了车。

随着人群,她进大厅逛了一圈,摸清楚休息区的布局,在进门的便利店里随便买了一块面包果腹,坐在露天的休息凳上小口小口地吃起来。

她吃到一半,觉得面包太干涩,想喝热水。记起书包不在身上,她正要起身,一罐饮料出现在桌子上。扣在拉环上的大手骨节分明,过分白皙,食指和中指微微紧绷,一扯,"噗"的一声,初夏的气息窜满空气。

果汁被推进她手边,随后头顶响起一道慵懒的男声。

"给,草莓汁。"

露天外是连体的凳子,另一边微微下沉,男人坐下来,春舒对上一双狭长的黑眸,唇角噙着漫不经心的笑。

不知道梁嘉词什么时候下的车。

春舒瞳孔微微放大,又慌张地垂下眼,不想让对方觉得她冒犯了,她盯着那一罐果汁,不敢接。

梁嘉词开了另一罐:"春舒?"

春舒惊讶地瞪大眼睛,意外他能准确叫出她的名字。

梁嘉词指节扣着易拉罐的拉环,像是想起什么,故意拖着懒洋洋的语调:"经理部的小秘书?"

这一句话就像一颗石子落水。

"扑通"一声，水面层层涟漪，水下波涛汹涌。

春舒和梁嘉词在一个社团并不是巧合。

她加入乐协的一个原因是学校对第二课堂的学分有硬性要求，必须加入社团，但更大的原因是梁嘉词。

虽然他读研后就很少参加乐队演出，每年最多会在招生路演露面表演，仅是那次露面，还有捕风捉影的传闻，春舒对放荡不羁的梁嘉词产生了巨大的好奇，便选了乐协。因为不会乐器，她只能选择管理部门，所以从没和梁嘉词碰过面。

春舒愣神，没想到梁嘉词知道她和他一个社团，脸微微发热，讷讷点头。

她塞下一口面包掩饰尴尬，差点被呛到。

"喝吧，我没往里面放奇怪的东西。"梁嘉词没正形地靠着凳子，坐姿大剌剌的。

春舒看了他几眼，温暾地解释："不是怀疑你乱放东西，是不好意思收。"

梁嘉词撑着脸，目光直白地投向春舒，莫名地喜欢她说话的吞音和慢悠悠的感觉。

春舒不太自在，眨着杏眼："你可以别总盯着我吗？"

"不可以。"梁嘉词很轻地笑了一声，和她唱反调，"你的吃相很好看。"

他漫不经心地撩拨弄得春舒脸微红。

她信了表白墙说的,梁嘉词做事向来随心所欲。

启程时间差不多到了,春舒拿着那罐果汁跑回车上,梁嘉词提着一罐快喝完的咖啡跟上。

车上。

春舒坐着靠窗的位置,抱着书包,仰脸对站在过道的梁嘉词说:"这是我的位置。"

梁嘉词勾唇笑了笑,戴好口罩,随意地在靠近过道的位置坐下。

"请问一下,春舒是哪位?"前面的售票员站起身问。

春舒有种不好的预感,率先转头看向唯一知道她身份的梁嘉词,眼里闪过担忧。

梁嘉词微微挑眉,没错过春舒的表情。

无声的几秒,隔着口罩春舒也感觉到男人在暗笑。

售票员走近,梁嘉词才转脸看去,放在扶手上的手被按住,冰凉刺骨,他皱了皱眉。

售票员:"这位女士……"

春舒的手突然被反握住,一拽,她的脸贴上他的胳膊,一顶帽子扣在她头上,挡住视线,男人衣衫上干净的气味直冲而来,他的声音也好似从胸腔传来。

闷闷的,微微颤着,酥到她的心窝。

梁嘉词淡声问:"师傅,我对象晕车,还要耽误到什么时候?"

梁嘉词催促完,其他赶时间的旅客也出声询问,售票员只好回到位置上。

车子重新上路。

身体僵硬的春舒感受到男人身上的温度,她也变得热了,眼皮微垂,看到那双和她紧握的手。

她的肤色偏白,病态白,像随时要燃尽的香,最后只剩下一捻就散的灰。而他比她更白一点,不同于她的肤色状态,是有生命力的白。

他的手下垂着,充血后,淡青色的脉络暴出,蔓延藏进劲瘦有力的胳膊肌理中。

记忆回溯——

在开学的星暴乐队路演上,梁嘉词拨动声压低沉的贝斯时也是如此。

黑色的T恤和黑色的琴体与露出的一截白皙胳膊形成鲜明对比,他修长的五指漫不经心地拨弦,两根手指指节上卡着设计感十足的素色戒指。

魔怔般,人潮汹涌,她站到晚睡广播响起,站到他和同伴说说笑笑收拾乐器远去,心底生出了道不明的心情。直到宿舍晚间聊天,有人提到 crush,春舒笨拙地在网上搜索这个新鲜的单词蕴藏的另外深意。

搜索的结果令她失神。

——短暂的、热烈的但又羞涩的爱恋。

她才明白,那晚的反常是毫无预兆的怦然心动。

此刻,春舒的心跳如那晚一般,红着脸,下意识地蜷了蜷手指。

男人使坏地用指腹顶开,随后胸腔里传来他低沉闷哑的笑。

她的脸更红了。第一次和异性有如此亲密的接触,惊慌失措不足以形容此刻的窘迫和差点儿忽视掉的欣喜。全部的热量涌到脸上,无处可逃。

梁嘉词忽然挨近,声音淡淡:"困了,我睡会儿。"

春舒惊恐地瞪大双眼。

就这样睡?

梁嘉词用行动证明,他是真的困了,靠着椅背睡着了。

直到手心紧张出汗,春舒缓缓坐起身,再慢慢拿出手,坐回自己的位置,坚定直视前方,不敢多看男人一眼。

倏地,肩膀一重,梁嘉词靠过来,惊得她呼吸一滞。

他柔软的碎发擦过她的耳垂,耳尖渐渐变红。

春舒正要往旁边挪,梁嘉词嗓音慵懒:"没窗靠了,学妹行行好,别动。"

春舒差点结巴:"你……坐车不坐靠窗位都会靠着旁边的陌生人睡觉吗?"

久久听不到梁嘉词的回答,以为他睡着了,她微微转头,撞进那双盛满笑意的眼。

梁嘉词:"不会。"

春舒眉头拧紧,那现在又是什么意思。

梁嘉词轻慢地笑了一声:"学妹,你是陌生人?"

手指向那罐草莓汁。

他叫她学妹,她收下了他送的果汁,他们之间就不算陌生人。妥妥的强盗逻辑。

有人说过他性格很糟糕,这个"糟糕"不是带着贬义和恶意,而是对他一个中肯的评价。

嗯,确实有点。

春舒别开脸看向窗外缓解尴尬,不巧的是,在黑夜底色的窗户中,她清楚地看到了一个手足无措的女孩和捉弄女孩成功后带着狡黠笑意的男人。

她,藏无可藏。

梁嘉词收起捉弄的心,没有点破,把帽子压在她头上,丢下一句"戴好",抱手继续睡觉。

车厢里还是难闻的皮革焦灼味,重重地直冲喉腔,男人清新干净的气息让春舒平静下来,外面摇摇晃晃的夜褪去恐怖的外表,晚风带来平静,逐渐地,她投入到这一场未知目的地的出逃里。

脑子里一片空白。她难得什么也没想,断片似的,精神放松下来,开始想着濛城是个怎样的地方,越想越入迷,越发迫不及待。

而在下一个休息站,赶到的父母打破了她的憧憬和幻想。

他们一眼认出她,拉着她又是抱又是问身体难受不难受,难得一见没有生气，没有骂人。

下车前，春舒往后看了一眼，对上那双令她情绪波动的眼睛，垂眸掩饰惋惜，坐上了回江都的车。

梁嘉词鬼使神差地站到车门边，车上旅客窃窃私语讨论着，结合他这副表情，有人猜想，是不是私奔的小情侣被发现了。

他目光凛凛，覆盖一层冷霜，横扫过去，一车厢的人安静下来。

售票员站起身，客气地提醒道："乘客，我们准备开车了，您还走吗？"

梁嘉词双手抄兜里，长腿一迈，下了车："不走了……"

他故意停顿，意犹未尽似的，最后一言不发走进休息厅等回程车经过。

有乘客断言："肯定是去追女朋友了！"

"年轻人啊，就是容易为爱情冲动。"

"也不知道两人到底会怎么样。"

……………

坐在休息厅，梁嘉词终于把关机一整天的手机开了，几十条短信轰炸，一半是好友和课题组的消息，剩下的一半是图书编辑撕心裂肺地呐喊。

轻狂：大哥，今天可以交稿吗？上头都来问了！

轻狂：我知道你卡文，你看看能不能先憋出来一点，给我去交差？

轻狂：给我废稿也可以，体谅一下打工人吧！

……………

梁嘉词不紧不慢地回道：不在家，在郊外。

轻狂：你去郊外干什么？

梁嘉词：睡觉。

睡眠质量极差的他有个习惯，坐夜车才能进入深度睡眠。而现在他已经睡意全无，眼前浮现春舒下车前的那一眼，手压在口罩上，唇角上扬，轻笑一声，心情还算好地给朋友打去电话，让朋友开车来接他，再腾出时间安抚催稿的编辑。

春舒看着眼前泪眼婆娑的母亲，低下头，软糯地说："妈妈，对不起，让你担心了。"

"是我的不对，我没考虑小舒你的感受，我不该这么强势。"彭洁玉拉住女儿的手，"以后的治疗都听你的，医生也说了目前没什么大问题，定期去检查就好了。"

春舒想起在医院的话，垂下眼睫。她对自己的身体问题再清楚不过，扯出一记牵强的笑，抹掉母亲的热泪："我听妈妈的。"

彭洁玉抱紧女儿。

春舒在家住了一晚，晚上难以入眠，坐在床边望着窗外，感觉到液体从鼻子里直涌出来，来不及擦拭，滴在粉色的床单上。红色扩散，她慌张地用纸堵住鼻孔，担心家人发现，用温水不停地擦床单。

看着床单上那一块深色,春舒蹲在床边,感觉身体慢慢变冷,一动不动。

天一亮,她借口回学校赶作业,出门顺手处理掉带血的纸巾。

回到宿舍,舍友三人正围在一起吃零食追剧,这是宿舍的日常节目,闲暇时窝在一起放松。

小七招手:"小舒,要吃一点吗?"

春舒在书桌前坐下,打开电脑,道谢:"不了,你们吃吧。"

三人不奇怪春舒会拒绝她们,在大家眼里,春舒这样一号学神人物和她们做同样的事才奇怪。

春舒打开电脑,文件正好送达,她简单看完题目,着手处理数据。

Excel数据跑得慢,进度条卡住,迟迟不见挪动一点。

乐协综合经理部弹出新消息,春舒用手机查看。

祁子薇:今晚传媒学院有十佳歌手复赛,我们乐队被邀请中场表演,需要人帮忙,有谁可以到场?

综合经理部在乐协属于中枢部门,负责乐队的管理和对外业务,例如今晚这样的表演需要他们和邀请方沟通对接。

奈何撞上期中,有些学院需要期中考试,最近都在复习,没人出声。

有人提议:今晚是哪支乐队去?让负责的秘书跟就好了。

乐协有四支乐队,不仅有玩摇滚乐的,还有玩布鲁斯音乐和古风乐器的。

祁子薇：晚风乐队，那小舒跟我去吧。

春舒回了"好"，晚风乐队是玩古风乐器的，是她主要负责对接业务的。

电脑上数据还在跑，春舒给拜托帮忙的朋友说明情况，晚点再给处理好的数据，拿上外套和工作牌去艺术学院的小礼堂等学姐。

祁子薇姗姗来迟，撑着腰喘气："不好意思啊，图书馆有点远，来晚了。"

春舒："没事的，我也刚到。"

祁子薇作为综合经理部的负责人，为人开朗热情，特别喜欢春舒这样乖乖又呆呆的学妹。她揽住春舒的肩膀："走走走，今天带你认识人去。"

春舒作为新人，今天说是来帮忙，不如说是来观摩学习的，主要是刷个脸，因为各大学院活动不少，乐队经常收到邀请，认识人好办事。

乐队五人还在社团活动室化妆更衣，拿到节目单后，春舒先给他们打去电话，转告预计登场的时间，然后跟着祁子薇去后台。

祁子薇和传媒学院文艺部的部长是熟识，把她一把拉过来，介绍道："这是我们小秘书，经济学院的春舒。"

文艺部部长瞪大眼睛："春舒？是去年开学典礼上新生代表发言人春舒？"

祁子薇骄傲地说："是啊！羡慕吧，我招揽来的人才。"

文艺部部长竖起大拇指:"有两把刷子。"

春舒脸微微泛红,多是不好意思。祁子薇也看出来了,和她说:"你去看乐器调试怎么样了,然后催他们五个提前过来试一试。"

春舒领了任务拔腿跑走,太急了,差点撞上迎面走来的人,快速错开身,丢下一句"不好意思,借过",继续大步离开。

才刚抬起手要打招呼的梁嘉词顿了下,目光追随她几步,眉心跳了跳。

被无视了,心里头有点不是滋味。

注意到梁嘉词后,祁子薇转头嫌弃地问:"你别告诉我你请了这货做评委?"

文艺部部长摸了摸头:"没办法,大家最近都忙,只有他愿意来。"

祁子薇:"我看只有他闲吧。"

文艺部部长为避免一场争吵,上去好兄弟似的勾住梁嘉词的脖子:"知道对方是谁就乱看。"

梁嘉词一脸冷恢,问:"哦,谁?"

祁子薇无语地看了眼两耳不闻窗外事、一心只偷懒的大少爷,说:"春舒啊,高中连续三年拿国际数学奥赛奖的学霸,开学典礼那天你不是在场?她是新生代表发言人。"

梁嘉词回想站在发言台上强装从容的少女,以及流畅的脱稿演讲,懒洋洋地拉长语调:"这样啊——"

"不知道哎。"他笑得欠揍,"紫薇,要不你把她调来对接我们乐队,我认识认识。"

祁子薇听完这番话,白眼翻上天,一个手刀要招呼过去:"你现在已经浑蛋到要玩弄女生感情了吗?"

性子糟糕、做事随意的梁嘉词在学校内风评还算好,很大一部分原因是他态度虽散漫,但做的都是自己的事,玩车玩乐队烧的是自己的钱,没祸害过别人。

有不少人追他,他拒绝时有绅士风度,而且有礼貌,告白失败仍然有女生为他说话便看得出,他浑蛋归浑蛋,但浑蛋自己从不影响他人。而且他人情练达,礼貌还是有的,单是这一点就甩多数男生好几条街,所以追求他的女生依旧很多。

梁嘉词摆手,笑容是一贯和煦如春风,话里却全是威胁:"紫薇,看你这话说的,不乐意直说好了,下个月的活动经费减半吧。"

被拿捏住命脉的祁子薇咬牙切齿:"我、会、请示、会长的!"

她就不信会长拿捏不了这位纨绔少爷。

"嘻!我没有强求的意思,紫薇你别有压力。"梁嘉词摆出特别敬业的态度,"快开场了,我先去准备了。"

紧捏拳头的祁子薇差点儿控制不住脾气吼人,默念三遍"和气生财"才硬生生忍下。

将两人互动收入眼底,文艺部部长看着男人远去的背影,唇角抽了抽。

他算是领会到了什么是性格糟糕,每句话都在别人的雷区蹦跶,还奈何不了他,谁让这吊儿郎当的公子哥儿真的有点本事呢。

如果今天遇到的是一场数学奥赛，春舒一定能完美完成，不仅如此，交出一份满分答卷也没问题。可惜的是，今天碰到的情况是她过去十八年人生从未发生的，她不知所措，傻在原地。

传媒学院十佳歌手的复赛已经进行到一半，还有三个节目就到晚风乐队表演，而五名队员还远在大学生活动中心的社团教室，没有十分钟是赶不到的，事先的乐器调试也没弄，前后准备最少需要二十分钟，不可能赶上。

春舒给祁子薇打电话，对方迟迟未接，她只好再催一次乐队队长。

平时娇柔温软的队长因为赶路而变成气喘吁吁、不顾形象的女汉子，说道："小舒，不好意思啊！我们乐队今天有三个人临时安排了随堂测，很晚才开始化妆，古装头发弄起来又耗费不少时间！麻烦你再帮我们争取二十分钟，一定能上台。"

为乐队安排妥当演出的相关事宜是她的工作职责，为了保证一切顺利，不行也要行，这是进社团第一天开会便强调了的。春舒只能应下。

她站在舞台侧方小门往外看了一眼，叹了口气，祈祷评委点评的时间再长一点。

犹豫了一分钟后，她不好意思地主动找到文艺部部长，抱歉地说："学长，对不起啊，我们乐队正在来的路上，可能赶不上节目演出，需要你们这边帮忙延迟几分钟。"

文艺部部长问:"大概多久?"

春舒思考了几秒,决定为乐队争取充足的时间:"二十分钟就好。"

场内刚结束一个节目,复赛每组对唱只有两分钟,评委打分和点评最多三分钟,从大一开始办了不少活动的文艺部部长感到为难,直言情况:"中场会宣布一次成绩,布置乐器和主持人汇报同时进行……"

春舒不想添麻烦:"我再催催他们吧,十五分钟就好!"

文艺部部长说:"等会儿我和主持人打声招呼,让他们两个拖延一会儿时间吧。"

让主持人临场发挥七八分钟,挑战性不是一般的大,春舒还是决定催乐队,尽量减少主持人暖场的时间。

"部长!"一个女生走过来,脖子上挂着工作牌,上面写着名字和职位。

文艺部部长正想给她派任务,让她去和主持人沟通一下。

女生眨了眨眼,手里拿着资料,卷成棒状,指了指走来的方向:"梁学长刚过来和我说,他想临时加个节目。"

"加节目?他又想干什么!"文艺部部长头疼,这位爷又要闹哪一出。

一道懒懒散散的声音响起,梁嘉词微微弓着身子,黑色卫衣宽大,显得他整个人懒洋洋的,开口的语气和打扮风格一致:"难得有舞台，想秀秀最近学的指弹，小金你不会连我这个请求都要拒绝吧。"

文艺部部长无语，办活动是为了丰富学生校园生活，不是来给他显摆的！

梁嘉词有些惋惜地说："我弹贝斯也可以，就是你们后台没有，所以只能退而求其次选吉他了。"

文艺部部长无语，后台没有事先准备他擅长的贝斯还成了他们的不是？

没天理了！

文艺部部长也没法子，为了保证活动顺利进行，也不好空场太久，怕观众没耐心等后面的选手出场，他答应给这位难搞的学长增加一个节目，吩咐手下的人立刻去安排。

梁嘉词回身，春舒对上他的目光，久久才从昨日大巴车上的偶遇缓过神来，努力保持镇定，拨下头发挡住发红的耳尖。

越过她，梁嘉词回到了后台休息间。表演前，他暂时不参加评分。

春舒看着问题解决了，松了口气，站定几秒，她跟上梁嘉词。

一路上，她想着贝斯手弹吉他，用不熟练的乐器表演会不会为难他了？

休息室里，梁嘉词大剌剌地坐在软皮沙发上，低着头给吉他调音，扫一次弦，拧动几下弦钮，接着弹了几段和弦，玩起来得心应手，并没有春舒假想的情况出现。

春舒正要悄悄退出门边，梁嘉词突然抬头，笑着叫她："学妹。"

吓她一跳，春舒瞪圆眼睛站在原地，心想着怎么会被发现，她已经很小心了……

梁嘉词不用猜就知道春舒会跟过来，早在她站在门外时他便发现了。

"我来看看……情况。"春舒的回答略显生硬。

女孩太紧张，垂在身侧的手紧紧抓着衣角，他想到开学迎新典礼那天也是这样。

站在发言台后面的她一半身子被挡住，在舞台侧面的梁嘉词发现她的手已经抖得不行，却听不出有任何紧张，不需要任何稿子，停顿舒适，只是说话略微显得温暾。

他好奇她怎么能做到明明很紧张却还能扮演一副云淡风轻的模样，直到身旁有人感叹不愧是高考榜眼、奥赛女王，他才知道她身份不简单。没想到说话和举止跟乌龟似的少女反差是这样的，勾起了他极大的兴趣。

梁嘉词跳过客套环节，问："来道谢的？"

春舒点头："谢谢了……"

声音越来越小，主要是他的视线太灼热。

"不是为了帮你，我只是爱表现。"梁嘉词跷着腿，痞笑着说，"你也知道，我人气很旺的。"

春舒愣了，这人有点自恋，奈何他的语气很平常，没有任何傲慢，还让她听着顺耳了。不讨厌，反而很喜欢他的自侃。

她哪敢再说什么，愣愣地点头，借口先走了。

出了门，她为自己表现出来的窘态懊恼。

怎么对上梁嘉词就成了失灵的自动售货机，久久掉不出一瓶饮品呢。

有了梁嘉词的帮忙，乐队到达后有充足的时间调试乐器，得闲的春舒被舞台上的演奏吸引住，不知不觉走到舞台侧面的幕布后。

坐在舞台中央的梁嘉词坐姿放荡不羁，今天穿着黑色带帽卫衣、浅色牛仔微阔腿裤，衣服前面是暗紫色的夸张涂鸦，为了行动方便，他挽起袖子，露出健硕的小臂，肤色过白，薄薄的皮肤下是淡青色的血管，黑白对比明显，穿搭显得少年感十足。他跷着腿，用最舒服的姿态抱着吉他，额前的碎发在灯光折射之下显得眉眼俊逸帅气，他自报节目，脸上带着自然从容的笑，戴上耳返。

艺术学院的音乐厅是学校斥巨资打造的，音质优良，能容纳千人。表演者表演时必须戴上耳返，否则会听不准节奏。

他演奏的曲目是 *Like a Star*（像星星一样）。

在他报出名字后，台下的观众欢呼声一片，嗓子大的狂叫好，掌声更是不断，期待值拉满。

春舒并不知道这是一首高难度的曲目，还是在第二天梁嘉词表演视频在表白墙上拥有"高楼"时，她才知道他有多厉害。

梁嘉词拨动琴弦。他指腹控制力极强，琴声清脆，轻缓的音乐在大厅回响，宛如群星闪耀，一颗一颗下坠，拖着长长的银色尾巴，划破夜空。

指节敲击琴身,"咚咚"几声,春舒心脏跳动强烈,仿佛叩击的是她心门。

突然,他右手覆盖在颤动的弦上,音乐戛然而止。为了发力方便,他弯着的身子挺直了一点。他拉下一边耳返,大家以为这就结束了,接着他撩唇一笑,弓着身子快速大幅度扫弦,五指翻飞,只能看到残影。用力拨弹下去的几下把表演推上高潮,仿佛见到了漫画里夏夜田间炸开的漫天萤火,刹那间冲撞了一场仲夏夜之梦。

观众情绪高涨,呼喊声比前一次更大。

渐渐地,到了尾声。他温柔地轻敲琴身,节奏把控精准,乐声变得缱绻,流星与萤火交汇,窥见了专属于夏夜的暧昧气息。最后他按住弦,白皙的指节上泛起明显可见的粉红,有一种病态的美感,可见他有多投入。

结束后,他停顿几秒,又一次引爆全场,叫绝的人不断。

但梁嘉词先向春舒看了过来。

春舒被抓了个现行,入迷的表情早被看到,脸秒速变红,不敢去看他似笑非笑的眼,引人遐想,好似歌是为她而奏。她转身躲开,再多停留一秒,就要落入他勾画的那个夏夜里。

好在梁嘉词没来后台,直接回到评委席,继续假装敬业地观看表演。

乐队也及时赶了过来,演出顺利结束。五人纷纷感谢突然想不开要臭屁炫技的梁嘉词，在乐协大群化身夸夸机。

春舒完成任务后回宿舍，一路上回想那场表演，浑身热乎乎的，怀疑是不是盛夏了。

宿舍的三人已经不再看剧了，而是凑在一起看视频。

熟悉的音乐，是梁嘉词的演奏。

三人和现场观众无二，化身迷妹，感受到乐队主唱的魅力，讨论着下次路演一定要去看，听说帅哥唱歌也特别好听。

春舒情不自禁地跟着看，三人以为她是来凑热闹，给她热情安利起来。

"舒学霸，看了不亏，梁嘉词简直是舞台王者，用脸杀人，全校第一贝斯手。"

"现在也可以说第一吉他手了。"

"真的要溺死在他后面那段演奏里，温柔得不像话。"

接着她们又讨论起梁嘉词这个人。

"仔细想想，帅哥也没啥大毛病，就是爱延毕，听说今年还要延一年。"

"延毕是他自己的选择，万一人家想用心搞学术呢。玩音乐花的也是自己的钱，帅哥不祸害人啊，彬彬有礼，有钱有颜，傲慢一点、跩一点怎么了？很多女生说其实他对人很绅士，性子不着调罢了。"

"没啥缺点了，我都快坠入爱河了！"

春舒默默地听着，心间荡起层层涟漪，直到晚睡铃声响起才散伙。

回到书桌前,她发现数据不仅没跑好,还卡住了。她不想用 Excel 跑了,打算直接上 Python,但电脑内存不够,数据量太大不方便运行,她想问问委托的朋友那边有没有专门提供的电脑,否则用自己这台低配置的商务本跑两天也跑不完。

春舒拿起手机打开微信,忽然发现她被拉入一个新群。

群名写着"星暴"。

春舒怔了一下,看到新弹出的消息。

梁少的马屁精:祝贺我们梁少又一次炫技成功,也欢迎春舒学妹正式加入我们星暴乐队。

春舒第一反应是找祁子薇。

春舒:学姐,请问一下,我是和哪位小伙伴换了工作?

她更多是想不明白为什么突然换了,而且她事先没收到通知,工作交接也没有。

祁子薇:"星暴"一直是我负责,你直接加入进来,"晚风"那边由副会长接手,最近分管我们协会的老师比较重视古风乐队,市里有几个活动想让他们参加。

春舒不习惯提问太多,如果是钻研学术,她一定会打破砂锅问到底;至于其他不影响正常生活的安排,她不会过多纠结。再者,进入乐协能接触到星暴乐队,本就是她的最初动机。

祁子薇误以为她是紧张了,连忙解释:他们都是很好相处的人,你不要太紧张,放轻松就好。

春舒:嗯,谢谢学姐。

祁子薇介绍起乐队情况:"星暴"的队员都是研究生,本科就加入了我们社团,算是老成员。按规定大四后默认退出社团,但他们考上研后也没什么娱乐活动,"老人家"爱凑热闹,原来的老会长找了我们会长说情,让他们自己组一支乐队以乐协的名义参加活动。几人都是高人气成员,会长便同意继续让他们把乐队挂在我们协会下。他们的活动也不是很多,你不要有压力!

从祁子薇调侃的语气中,春舒能感受到她和星暴乐队成员的关系不错。

春舒:既然活动不是很多,学姐一个人能忙过来吧?

祁子薇:我升大四后就要退社团了,下个月正式实习,会长让我带你一段时间,以后他们的业务就交给你了!

春舒盯着"以后"两字发呆。

以后啊……

还能有多久?找上她还真的不是一个好决定。

在祁子薇的鼓励下,春舒接下了新任务,在群里和大家打招呼。

群里四个人七嘴八舌地聊了四十多条消息,全在损梁嘉词。

因为梁嘉词指弹的帖子爆了,他们起哄吉他手该退休了,让他一手吉他一手贝斯自己演出。

梁少的管家:行了你们,学妹被吓到不敢说话了!

认出这滑稽的昵称是祁子薇取的,春舒想着,她要不要"入乡随俗"跟着改一个?

春舒把准备好的自我介绍发出去：学长学姐们好，我是经济学院风控管理一班的春舒，去年招新刚入社团，以后有帮得上的都可以找我！

梁少的泡脚搭子：学妹见外了哈！进群就是一家人，你来我们就安心了，可见乐协还愿意接纳我们这支自娱自乐的夕阳红乐队。

春舒惊讶：夕阳红？

梁少和沈少的首席拆台官：因为去年招新时有不少人要进我们乐队，队长脑抽地来了句学历研究生起步，被人挂到论坛上，不少人笑我们是公园级别老年人晨练乐队，我们自侃"夕阳红"。

春舒轻笑出声，没想到他们还挺风趣的，不像刻板印象中搞学术总板着脸的学者。

他们聊天时有梗，春舒看得入迷，其间通过了四个人的添加好友申请，备注里的信息让她吃惊：一个是医学院的博士，两个是飞行学院搞研发的，还有一个是法学院的，全都是牛人。

星暴乐队的演出确实不多，一周一次社团活动，如果忙到凑不齐人，则至少半个月一次；路演更少，一年不到三次。

春舒还在看他们互相拆台，右上角灰色圆点里的数字不断增多，她退出群聊才记起拿起手机是想和委托人说数据处理的事。

邱凯炜：舒舒，数据怎么样了？

春舒：不好意思，才看到你的消息。数据量太大，我电脑跑不动，普通的电脑都不好跑，你们那边有专业设备吗？我明天过去弄，我跟你说方法也可以。其实很简单的，你先分组数据，再用 Python

根据你要呈现出的结果调试就好了。

对面延迟两分钟才给回复。

邱凯炜：我弄不明白，明天你来我们系里指导一下吧！

春舒翻看手边的日历，印象中数学建模大赛在下学期举办，她问了一句：你们是在模拟赛吗？

邱凯炜：是的，我们系开学就分导师了，我们教授有自己的实验室，学长学姐带我们参赛，现在模拟几次培养默契。

春舒翻看课表，确定了时间：嗯，我明天上午只有一节课，下课过去找你。

邱凯炜：正好！我也没课，你过来我带你吃我们五食堂的饭菜，你们学院靠近二食堂，应该没怎么来过这边。

春舒没说好不好，只留下一句"明天见"。

第二章
他弹贝斯特别帅!

送你春花

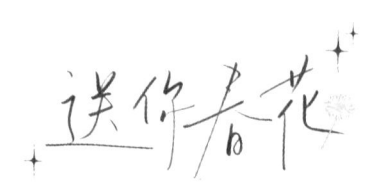

结束聊天后,春舒没心情再看任何消息,洗漱完翻出上节课留下的作业大概看一眼,准点上床休息。

下面三个舍友挑灯夜战,压低声音讨论不同的解题方法。

春舒脑子里回想今天发生的事情,戴上耳机,打开QQ,用学号登录学校的论坛,最上面飘红的是今天下午刚发布的帖子。

她点进去。

主楼放的是梁嘉词的指弹视频,楼主应该坐在前排,拍摄角度最佳,手机像素也给力,成像清晰,甚至连最后收尾他转头看向舞台侧门也录进去了。春舒当时被抓包太慌张,根本不敢多看一眼便跑了,从正面的录制角度再看,她发现了……梁嘉词在笑。

春舒突然反应过来男人就是在戏弄她，又气又羞，呼吸平稳了才继续往下看。

与表白墙下都是八卦看热闹对比，专属论坛里更多的都是在讨论弹奏技巧。

34L：太牛了，我在表白墙看到隔壁艺术大学的说这首歌可以说是指弹界的《第三钢琴协奏曲》，没想到梁嘉词能全部弹完，也没有错音。

35L：他虽然玩票性质更多，但乐感真的很绝，控制力度去拨弦，能完美弹出要的音，表现得很有个人特色。

36L：确实很有个人特色，看过梁大佬的几场路演，他弹贝斯的风格"流氓"，几种乐器在他的灵魂交融下就形成了星暴乐队的特色。

…………

春舒对艺术类一窍不通，面对晦涩的用词需要反复阅读才能理解。

"舒学霸，你睡了吗？"一道微弱的声音从床帘外传来。

春舒坐起来，撩开帘子："怎么了？"

小七苦着脸："上次高数留下的课后作业我们算不明白，明天上课老师要抽人上台写，你能不能教教我们？"

高数属于她们专业的闭卷考试课，也是专业基础课程，老师上课相对其他课程较为严厉。

下面另外两道殷切的视线投射过来，春舒淡笑："可以。"

小七激动得哇哇叫:"没想到舒学霸你这么平易近人,和传闻中的那些牛人完全不一样!超爱你的!"

春舒被夸,眼带笑意,不好意思笑得太明显,压了压唇角。

三人吃透题目很费力,春舒第一次讲解跳过了原理应用,她们一头雾水,不知道怎么就能推出下一步。第二次春舒详细讲解了原理,她们看着她快速心算和化简,更蒙了,春舒只好又讲了第三遍。

两道简单的题目,春舒自己只需要看一遍,心里有答案就算完成了,没想到真的讲起来,一道题可以写满一张 A4 纸。

小七抱歉地说:"我们是不是太笨了?"

春舒迟钝地摇头:"没有。"

相反,她有一种满足感,她很喜欢和她们三人待在一起的感觉。

"你早点睡,我明天给你带早餐!"小七催春舒上床休息。

可能是和舍友聊了会儿天,放松了许多,昨天开始精神一直处在紧绷状态的春舒也终于睡了一次好觉。

上午早八课结束,春舒去数统学院帮邱凯炜处理数据,用半小时设定好程序。

春舒最后确认一遍数据,说:"你们机子好,很快就能跑完。"

邱凯炜没想到春舒如此熟练,忙说:"舒舒,要不要我带你参观一下我们的实验室?"

春舒盯着他,问:"实验室也能参观?"

他不担心泄密?

"我和导师说了,听说是你来,他说随意参观。"邱凯炜笑说,"我们导师还说,早在高考结束,招生办去你家前他就去打过招呼,打包票一定录你到我们专业,给你做导师。"

春舒浅浅地"嗯"了一声,情绪没有太多波动:"我下午还有事,就不参观了。"

邱凯炜着急地说:"舒舒你就看看吧,我保证你会感兴趣的。"

邱凯炜和春舒从初中开始就在一个班,经常组队参加数学竞赛,获得不少赛事的金奖,也顺利地取得了保送资格,但他不知道为什么春舒会放弃保送资格,参加了高考。

分数出来后,春舒报了江都大学经济类专业,所有人都对她的选择感到惋惜,邱凯炜也是,都觉得她应该在数学领域深耕,上个学期也几次暗示过她可以换专业。

春舒面色淡然,拒绝道:"不了,我对数学不感兴趣。"

邱凯炜不相信她的话,追着出门,坚持不懈地问:"舒舒,你一直是我们竞赛队伍的王牌,你比任何人都厉害,不可能对数学不感兴趣!你为什么要放弃啊?"

春舒停下脚步,快要深夏,她觉得周身空气闷闷的。

她看着眼前满头大汗的朋友,不敢说对他多了解,但对他的专业程度一清二楚,只说:"你会比我更好,你热爱数学,我只是擅长。"

邱凯炜捏紧拳头,接受不了她给的答案,说:"舒舒,下个月之前教务处都接受换专业申请。"

春舒："时间不早了,建模赛加油。"

说完,她转身离去。邱凯炜急得在原地踱步,奈何嘴巴太笨,不知该如何挽留。

春舒漫步离开,心情没有任何波动。

她没有换专业的想法,当初选择放弃保送资格、参加高考再到选择风控管理专业,所有人都对她的操作感到震惊,似乎参加数学竞赛小有成就却没有坚持下去,是错过了成功的机会。但她是发自内心地开心——为的是能接触到新的事物。

下周经济学院有期中统考,春舒用完午饭去图书馆复习。

她走到预约好的位置,发现桌上放了水杯,以为是旁边座位的同学放过来的,她正要挪开,被身后走来的人小声斥责。

"你干什么!"

春舒回身,陌生男人像一堵墙挡在她前面:"这是我们的位置。"

"这个位置两点后是我预约的。"春舒拿出手机,打开校园生活APP(软件),进入图书馆预约座位页面,出示给他看。

陌生男人一脸凶相:"预约功能最近在升级,都是自己占座。"

最近图书馆预约位置功能确实在升级,更新后精确到时间段,严禁占座的情况出现。

春舒:"昨天已经出通知恢复运行了。"

站在一旁的女人催促,用手扇风:"好了没啊,累死人了,我们到底坐哪儿？"

男人拥着女人，哄着说："我中午就过来占位了，就坐这儿，宝宝消消气。"

春舒眼看着男人拥着女人要坐下来，拦下："同学，不能因为你没看通知就占我预约的位置。"

"新生吧。"女人眼角一吊，"我们江大以前都是人工占座，上学期你们新生入学才推出预约功能，我们这些老生都不习惯，你体谅一下学长学姐，另约吧。"

春舒抿紧唇，不乐意照做，取消预约后有十分钟的冷却时间，她不想浪费时间干站着，而且她是占理的一方。

三人对峙的这段时间，不少人都朝这边看来，楼层管理员更是频频望来几次。

春舒："你们可以预约新位置。"

"新生你什么意思？我女朋友脚后跟都磨红了，行个方便也不愿意？这么轴，以后在社会上怎么混。"男人不开心被新生顶撞。

春舒可以让，但她不爽男人的态度："你说话客气些。"

被指出礼貌问题，男人急了，正要顶嘴回去，一道带着笑意的男声打断："学妹，不争这个理，坐这儿。"

春舒望过去，梁嘉词在她预约的位置对面入座。

他撑着下巴，含笑看来，另外一只手还拍了拍旁边的凳子靠背。

两人认出是梁嘉词，脸色变得有些微妙，都听说过这位在校内的名声算不上好，他们不敢轻易招惹，默默交换眼神。

梁嘉词在手机上提交座位预约申请，笑着问道："同学，这里有你的书本，需要我换个位置？别了吧，怎么说我也是学长，体谅一下。"

春舒佩服梁嘉词，四两拨千斤，把刚才男人用来压她一头的话丢回去。

男人不敢再出声，要不然都以为他欺负新生。他主动让出和女友面对面的位置，坐到和女朋友同一边的座位上。

春舒不乐意和他们同桌，但梁嘉词一直笑着看她。

干站了几秒后，她抱着书包落座在他旁边，和情侣面对面。

一张桌子四个位置，奇怪又诡异的组合，惹来不少目光，甚至有人交头接耳讨论。

情侣觉得梁嘉词只是突然兴起多管闲事，两人并不认识，又开始旁若无人地亲昵。

春舒取消预约，等冷却时间过了重新预约位置。

处理完琐碎小事，她无视对面秀恩爱的情侣，认真地看高数卷子。

前十五分钟还算和谐，春舒早不把纠葛放心上，十分专注。

在她合上卷子后，梁嘉词问："写完了？不用算？"

"心算。"春舒并不喜欢一板一眼地算题，她思考清楚解题方法就算是写了，考试才会动笔。

梁嘉词说："看来高数 A 很简单，学妹十五分钟做完一张卷子。

高数 B 应该很难吧，一道选择题能算一张纸。"

春舒正色几分："高数 B 很简单，选择题都算不明白那基础理论肯定很差，建议从头学。"

梁嘉词轻嗤一声，顺着他的视线看去，春舒才注意到对面的男人一脸尴尬，他手边高数 B 试卷旁的草稿纸写得满满的，算的是选择题第三问。

春舒轻瞪梁嘉词一眼，这不是给她招恨吗……

梁嘉词漫不经心地说："学妹说得没错，专业知识都学不明白，以后怎么在社会混呢？"

这话说得真够阴阳怪气的！

春舒低头，保持沉默，翻出试卷假装认真地再看一遍，实则没有任何二刷的心情。

梁嘉词过于肆无忌惮，撑着下巴侧头看她，后来干脆身子也侧着向她，就差凑上来了。

他坐得随意，桌子下的脚左右轻摆，膝盖就要碰上春舒，她不禁挺直腰背。

梁嘉词忽然觉得少女就像他家老头子养的那一缸金鱼和几只乌龟，没有任何趣点，他却莫名其妙地越发入迷，就喜欢她这副慢吞吞的样子，似乎能从她那里感受到夏日炎炎午后躲树下乘凉的悠然。

想请她吃饭了。

那她动作应该会更慢吧。

…………

春舒不知道梁嘉词脑子里天马行空地想些什么，但感受到对面的男人散发出的丝丝敌意，她慢慢地抬头。

她不喜欢被威胁的感觉，用着极慢的语气回答了刚才梁嘉词的问题。她说："我是新生，怎么会知道？"

梁嘉词反应过来她反问的口吻是在回击女人嘲讽她是新生不懂规矩。

接下来，春舒又问梁嘉词："学长，你知道吗？"

不需要故意阴阳怪气，她说话咬字慢，已经将讽刺拉满。

小姑娘带刺啊！

梁嘉词憨笑："学长也不知道，没出社会不了解外面是不是流氓做派。"

对面两人脸黑，被人直接扣上一顶"流氓"帽子，偏偏还不能反击，否则就是间接承认了。

梁嘉词凑近一点，春舒看了眼左边的位置，没空间往外挪了。

梁嘉词："你高数很好？"

上一个话题算过去了，春舒应付起来没太多不自在："还行。"

梁嘉词："就还行？你不是玩奥赛出来的？奥赛女王。"

春舒讶异地瞥了他一眼，看到他帽衫领子处骨感明显的锁骨，视线好似被白皙的肤色烫了一下，匆忙垂眼。

她以为梁嘉词并不知道外面是怎么讨论她的，因为很多人见到她第一面提的全是她获得过的荣誉，会称她为"玩奥赛的学霸"，而他第一次见她没有任何吹捧，和善地开着玩笑叫她"小秘书"。

春舒："玩奥赛不代表数学就好。"

这不是玩笑话，她身边有人能进国际奥赛，但高中数学也才上百分。

梁嘉词"喏"一声："不是答题挺快的？"

春舒淡然："我数学不算特别好，但应付高考和专业数学类课程绰绰有余。"

对面的男人被这句话惨虐到，伸手盖住数学试卷。

"为什么不学数学专业？"梁嘉词也听说过今年招生办招揽春舒弄出的笑话，都在学生之间传开了，说好消息是春舒愿意报考江都大学，坏消息是没选数学专业。

春舒把问题抛回去："你吉他弹得挺好的，为什么在乐队弹贝斯？"

她猜梁嘉词可能会说因为喜欢，而答案出乎她的意料。

他说："乐队成立没有贝斯手，沈知律和我都弹吉他，然后他说我弹贝斯一定很帅！"

春舒："……你信了？"

梁嘉词笑笑，眼睛微弯："嗯，不帅吗？"

春舒被这一记笑容击中，觉得旁边带着俊朗笑容的男人行为有点傻，又渐渐陷入他的乐观和坦诚中。

怎么不帅。

他弹贝斯特别帅！

春舒埋头看书，眼神示意这是图书馆，不要再找她说小话，对面还坐着人。

梁嘉词领悟能力高，点了点头，终于正眼看向对面的情侣："不好意思，我以为图书馆就是情侣亲昵的场所。"

他笑着说抱歉，就像轻飘飘地丢出一枚炸弹。

情侣两人困在余震里，脸色白一阵红一阵，旁边桌的人都能感受到他们的不自在和羞愧。

春舒也好不到哪儿去，听到后面那句话，她握笔的手颤了一下。

这会让别人误会他们的关系！

梁嘉词补刀："情侣都能卿卿我我，我和学妹讨论几个专业问题，很正常吧？"

春舒被他弄得一惊一乍的，在他解释他们之间的关系后暗暗松了口气。

对面的情侣坐不住了，收拾一番，灰溜溜地离开。

图书馆终于安静下来，春舒认真地温习，梁嘉词像变了个人，收起那份不正经，打开笔记本电脑，查阅论文资料。

一下午的时间静悄悄地过去。

饭点一到，舍友发消息催春舒一起出门聚餐，她收拾好便起身，特意放轻动作不去打扰投入工作的梁嘉词。

她正提步离开，男人往后微微歪头，懒散地勾唇笑问："学妹，不打个招呼再走？"

春舒眨巴着眼睛:"我们不算很熟吧。"

梁嘉词吃瘪:"行吧,慢走。"

春舒作势要走,梁嘉词叫停:"回来,学长和你打招呼了,不给个回复?"

春舒一板一眼:"我先走了,学长再见。"

梁嘉词摆摆手。

春舒走到楼梯间,直到走出图书馆才敢露出憋着的笑。

男人有点幼稚,她说不熟没必要打招呼,他直接以主动方的身份和她要一声"再见"。

他性子真的糟糕吗?

她倒不觉得,难怪学姐学长他们觉得他麻烦但可靠。

春舒难得参加一次宿舍聚会,发现舍友三人挺好相处。她们对陌生人内敛,熟悉起来后放开许多。

聊开后,有人提议给宿舍分工,以后小七管饭,巧妹负责提供八卦娱乐消息,大菁管内务,春舒主管学习这一块。

四人干杯,算是正式定下来。

八点回到宿舍,学习委员在班群发布学院期中考试安排表,三人眼巴巴看着春舒,求她给个大腿抱。

春舒无法拒绝她们,拿出课本划重点,主要是在老师给的考试范围内说明可能会出什么题型、要注意的地方是什么。

接下来整整一周,春舒不再去图书馆,陪着舍友泡在宿舍里,吃完晚饭再散会儿步，结束后继续在宿舍学习。

期中考试结束三天后，成绩正式公布，春舒意料之中地拿了第一，三人比她还开心，在宿舍里"哇哇"乱叫，仿佛是自己考了第一。

小七问："这不得出门吃一顿好的？"

巧妹举手："我支持大鱼大肉那种！"

还算稳重的大菁双眼放光："烤肉！"

春舒说："我请你们吧。"

三人又开始"哇哇"叫，但担心隔壁宿舍过来警告，她们立马手动消音，捂着嘴继续蹦蹦跳跳，春舒被她们这副模样逗得不行。

周末，春舒回了一趟家里，父母带她到医院检查，医生说结果还行，让她隔段时间再来，目前不确定会不会复发。

父母轻松了许多，安慰春舒可能只是一次意外，她的身体早在五年前就痊愈了。

春舒愿意相信这个说法。

回到学校的当天傍晚，祁子薇给她发消息：小舒，"星暴"的这几个人突然想聚餐，你有空吗？一起过来准备食材。

春舒：聚会？现在吗？

祁子薇：嗯，不好意思啊，他们因为读研比较忙，所以聚会全是临时起意的。

春舒：我也没事，可以过去的。

毕竟是加入乐队后第一次聚会，不好缺席。

祁子薇：对了，你来之前去一趟泛水湾接个人。

去酒吧区？春舒局促不安起来。

祁子薇：你去到指定的地点，敲门说找苗灵洙就好。

春舒：就可以了？

祁子薇：嗯，剩下的苗学姐会处理妥当。

春舒收拾好东西，按照祁子薇发来的地址打车过去，停在泛水湾外的一家酒楼，进门和前台报包厢号，服务员确认信息后才放行。

她按照路标走到包厢，敲门前又把打好的腹稿过一遍才敲门。

开门的是个男青年，二十出头刚毕业没多久的学生，身上却有着浓到冲鼻的酒味。

他愣了一下："请问你是？"

春舒不喜欢刺激的气味，强忍不适，礼貌说："你好，我是来找苗灵洙的。"

"麻烦稍等一会儿。"青年好奇眼前女孩和学姐的关系，对里面说，"苗姐，有人找你。"

接着春舒听到一道娇笑，声音更是娇："都说了所里还有事，今天真的不行，而且我酒精过敏，以茶代酒，各位老总玩得开心。"

几人劝着苗灵洙留下来，她都好脾气地回应，拿起东西说赶时间便走了。

春舒等在外面，看到一头漂亮长发、穿着知性大方的女人出现。

苗灵洙转头看向春舒，发现来的小秘书长得漂亮，她一个女生都看愣了。

苗灵洙："你就是春舒吧？"

春舒走过去："嗯，学姐好。"

苗灵洙带着她去到地下停车场，让她坐上副驾驶位，麻溜地启动车子，倒车离开。

春舒对车满是好奇，但不敢有多余的动作，睁大眼睛看啊看。

路口碰上红灯。

苗灵洙查看完手机消息，烦躁地丢开："这群老男人，喝傻算了，不出事时跟大爷一样提要求，出事了夹着尾巴求我们保人，什么玩意儿！"

春舒吓到拽紧安全带。

苗灵洙抱歉地笑了笑："小春舒，还没来得及和你自我介绍，我叫苗灵洙，是我们学校法学研三的，你和子薇一样叫我灵洙姐就好。"

温温柔柔的大美女秒变暴躁女，又再秒变温和美女，切换自如，春舒看呆了，机械地点头。

聚会的地点是乐队成员名下的一栋小洋楼。

真的见到时，春舒有预感，这五个人都不是简单的人物。

在厨房里，春舒和信任的祁子薇学姐说了路上发生的事，还有和苗灵洙在车里的对话。

祁子薇笑道："灵洙姐啊……你以后接触就知道了。他们几个人都很有趣，而且每次聚会也好玩。"

春舒看着宽大的飘窗，点了点头，普通聚会场地甩别人几条街，怎么不好玩！

上菜时经过小客厅，四个人在搓麻将，轮到苗灵洙输了，旁边的人给她倒酒。春舒担忧地看去几次，想说要不要提醒一下苗灵洙酒精过敏，不要给她倒酒。

下一刻，苗灵洙声音粗犷，豪迈地说："下局我自摸，你们仨就倒立洗头！"

说完，她一口闷完一杯酒。

春舒追上祁子薇，小声问："学姐，灵洙姐不是酒精过敏吗？"

祁子薇诧异："你在说什么？她千杯不倒还不上脸，别看她身板小，曾经把他们几个人都喝倒了。"

"那……她为什么对那些老板说酒精过敏？"春舒疑惑。

祁子薇："她觉得和那些老板喝酒没意思，对外都装酒精过敏，为了证明是真的，还故意碰了会过敏的柚子，当着他们的面被抬进过医院一次，然后请了两天假在家熬夜追剧。他们几个人都……挺疯的，小舒你别太单纯就好。"

春舒信了，耳边仰天哈哈大笑的女生完全和那个夹着嗓子说话的温柔知性大姐姐联系不到一起。

乐队成员有个性，还风趣，春舒对聚会生出了浓厚的兴趣。

祁子薇在后面的小院子架好烧烤架，准备得差不多了，催四人下麻将桌，过来准备吃的。

今夜晴空万里，微风轻轻吹着，初夏的夜晚不热，最适合弄家庭烧烤，再过半个月江都就要热起来，只能待在空调房里了。

两人帮忙烤肉，还有两人去摆乐器，打算吃完一起合奏一曲。

春舒和祁子薇继续搬东西。

祁子薇："他们都挺忙的，玩乐队纯属是放松。"

春舒没看到梁嘉词的身影，疑惑地问："是梁学长组的吗？"

祁子薇："相反的，是他们四个坚持要继续玩，因为读研后乐子少了，偶尔乐队聚会和学校路演成了他们的课余爱好。"

春舒很佩服几人，能把自己的生活安排得井井有条，还能在忙碌间隙找到想做的事。

"小舒，最后还有一盘冰沙，你去拿，我帮他们打下手。"祁子薇交代完任务后去帮忙烤肉。

春舒双手捧着托盘，几杯冰沙散发出甜腻的香味，是祁子薇贴心地根据每个人的口味做的，外面贴有标签。

观察太过投入，春舒忘记看路，感受到一阵风扑面而来，门被风吹动要关上，风力太强，一定会狠狠地拍到脸上。

才注意到的春舒手忙脚乱，不知道要腾出一只手推回门还是后退，托盘上的七杯冰沙太沉，她最后选择往后退一步。

突然一下，肩膀撞到健硕的胸膛，她的余光范围内出现一只手，五指稳稳地摁在门的上边沿，以绝对优势的身高和力量顶回去。

"梁哥，来了？"院子里有人注意到，出声问。

春舒抬头，看到身后站的是来迟的梁嘉词，他今天穿的还是随意的宽松 T 恤和暗色工装裤，脖子上挂着一条银色链子，吊坠是一枚拨片。

梁嘉词笑着回道："来了，没迟到吧？"

"迟到了，烧烤全部你来！"

梁嘉词好脾气地笑着说"可以"。

春舒站在原地，看着他先把门推开，固定好，然后接过她的托盘转身走了。

他没有特地说什么，做得自然而然，对晚辈不经意的照顾好像是他应该做的事。

梁嘉词走出去几步，发现春舒没动静，回身笑说："春舒学妹，跟上啊。"

春舒盯着他的背影，感觉到心脏跳动的一下又一下，她拽住身后的衣摆，掩饰激动和慌张。

春舒对饭局的印象刻板，也在开学时参加过班级的春秋游聚餐。第一次还好，大家刚认识，说话还算客气，后来的话题逐渐集中在存在感较强的人身上，他们吹捧、开玩笑、说着两人才懂的梗以示亲密，饭桌变成了人情世故的场所。

但乐队的聚餐活动却没有。五个人都是高学历人群，却很少聊学业，时政和经济也少，像平常的朋友一样吐槽最近发生的事。

今天成了苗灵洙的吐槽专场，她把近期接触到的刁难顾客全部"审判"了一遍。

苗灵洙骂完了，长舒一口气："这些人的诉求愚蠢至极，简直是在入狱边缘蹦跶。唯一的优点就是知道找律师保命，没真的蠢到不可救药。"

祁子薇凑到春舒耳边说："灵洙姐就是这个性子，没有恶意。"

春舒挺喜欢苗灵洙的豪爽，她谈到的案件也挺有趣。

苗灵洙靠着凳子，仰头看天空："当年我可真是傻，以为本科毕业拿到律师A证就是律政佳人，结果啊，外面开始卷学历，我咬咬牙考了研，接触工作后发现接案子还得看人情世故。"

"想换工作了？"旁边的沈知律问。

苗灵洙摇头，说："我也就骂骂，你怎么就当真了。工作还是要干的，要赚钱啊，不然怎么娶你回家。"说完，她还给了个wink（眨眼）。

沈知律面色不变，坐在对面的两个好友开始搓胳膊，肉麻得快掉了一地鸡皮疙瘩。

"你呢？梁少爷你准备再混几年？"叶资问。

梁嘉词单手打字，回完最后一条消息，掀开眼皮："先混过明年。"

苗灵洙不屑："叶子你问他干什么，梁少早实现财富自由了。"

她问梁嘉词："不准备申请国外博士？出去浪荡几年？"

梁嘉词直接说："语言太烂，算了。"

"'钉子户'终于要毕业了？估计你站上毕业典礼舞台你们家星星要感动哭。"苗灵洙哈哈大笑。

星星是梁嘉词的导师,全名叫李祝星,因为年纪和他们相差无几,所以亲切地称呼为星星。

梁嘉词也跟着笑,不介意好友玩梗。

春舒默默地吃东西,以前蹲在角落等聚会结束是煎熬,现在和看有趣的小品似的,听着逐渐入了迷。

吃完烧烤,几人要玩牌,梁嘉词拒绝:"和你们四个高智商玩,我就是一棵白菜。"

——待宰。

苗灵洙指了指他旁边坐着的人,说:"这不是有个脑袋瓜子灵光的吗?给你当军师。"

其他人齐齐看向春舒,吓得她咀嚼的动作顿了一下。

沈知律自觉坐到苗灵洙旁边,主动让出其他三个位置,不打夫妻局。

春舒想说她帮忙洗碗,祁子薇已经撩起衣袖坐下来:"小舒玩两局,等会儿家政阿姨会来收拾。"

配置高的社团活动就是好,春舒是彻底感受到了。

梁嘉词问春舒:"打吗?"

春舒说话慢吞吞的,问:"你在牌局比较擅长什么?"

梁嘉词坦诚地说:"运气好一点,其他一概很垃圾。"

春舒佩服梁嘉词的性子,别人玩梗他也跟着自黑一把,对自己的缺点坦荡认下,语气诙谐,没什么架子。

春舒坐到和沈知律一样的位置，仰头看梁嘉词："那就玩吧。"

梁嘉词笑得嚣张，对好友们说："天才给我支招来了，你们仨等着发朋友圈夸我吧。"

祁子薇无语道："梁哥你和灵洙姐是兄妹吗？不是倒立洗头就是发朋友圈夸人。"

苗灵洙嫌弃："他的要求很没营养，臭屁得要死，恨不得全世界都夸他，别和我极具观赏性的惩罚相提并论。"

叶资在祁子薇身后坐下，无奈地说："你们别吵了，跟小学生一样，老二就不要说老大，一样没个正经。"

当初以为苗灵洙会和梁嘉词最来电，毕竟性格相似，脑回路更是如出一辙的清奇，平时也常常凑在一起吵闹，没想到最后跳脱的苗灵洙却和沉默寡言的沈知律在一起了，而梁嘉词则深耕"钉子户"事业，无心情爱。

没有外援的裴奇胜说："你们男女搭配，成双成对，欺负我孤家寡人？"

沈知律："我只看着。"

叶资："难道我要坐你后面？"

裴奇胜无话可说，催促开局。

扑克牌的玩法叫上中下游，不可以出连对、炸弹、顺子，只能三带二和四带一，花色可以互压，牌的大小顺序是大王、小王、3和2，其余牌的大小按照牌面大小的顺序。

第一局分出身份，第二局开始上游和下游需要互换一张牌，下游需要给上游最大的牌，上游随意给不需要的牌。

逻辑清晰的沈知律给春舒大概介绍了玩法，接着打了第一局，分出上游是苗灵洙，下游是裴奇胜，祁子薇和梁嘉词是中游。

春舒快速掌握玩法，在梁嘉词要过牌时，指着黑桃3说："打这个。"

梁嘉词看了眼关注牌局的几人，和春舒咬耳朵："这是对子！"

春舒："嗯，拆了。"

梁嘉词不舍得，除了大王小王，最大的就是3，他指着黑桃2和红桃2问："拆这个不行？"

春舒理解了为什么梁嘉词打牌会被虐："有风险。"

苗灵洙敲了敲桌沿："聊好了没？我已经想好了，你们输了就给我们跳啦啦操。"

梁嘉词不再问，丢出黑桃3。

按照他的逻辑要跳的概率百分之百，他不能连累春舒。

一张黑桃3成功引出大王，接着又重开一轮单牌局，把手里能丢出去的单牌出完，拥有小王的梁嘉词拿到新一轮出牌权。

按照春舒的指挥，他出了三张K带两张7，三声"不要"之后，梁嘉词丢出一张方块4，手里剩下最后三张牌，他窃喜地问春舒："出完红桃3再出对2？"

春舒看了一眼桌面上已经打出来的牌，笑问："你以前怎么打的？"

梁嘉词明白她的意思，就是随便怎么出都行，开心地笑说："你看着。"

春舒含笑地点头。

再轮到梁嘉词,他傲娇地问:"你们抽一张,抽到哪张,我出哪张。"

表情嚣张又欠揍,笑得和电视剧里的疯子反派一样,惹来几声"喊"。

算牌梁嘉词不擅长,但显摆他拿手。他把一对2拆出来打,直到下一局开始前都笑得贱兮兮的。

一直注意他的春舒想笑,如果以前打牌他都是这态度,几人不揍他真的很讲义气了。

太投入牌局的春舒并没有注意到此时她和梁嘉词的距离和对面的真情侣无异。

聚会在一曲合奏中结束,没喝酒的梁嘉词和沈知律分别把他们送回去。

除了苗灵洙要去沈知律那儿,其余人都要回学校,梁嘉词负责送他们。

春舒还要去一趟自习室拿东西,祁子薇不放心她一个人去,晚上十一点几乎没有学生在学习区活动。

梁嘉词主动说:"我送她过去,再送回来,保证安全。"

祁子薇:"好,嘉词哥你送一下,再过半小时就是门禁,怕赶不回来。"

他们走后，车里只剩下春舒和梁嘉词。

春舒不自在地搓了搓衣角，心情越发焦灼，等车停下，她立马拉开门，道谢后转身走了。

春舒要去的自习室不是二十四小时开放的，在旧楼，那边黑漆漆一片。

梁嘉词看着春舒的背影，下车跟上去："一个人你不怕？"

春舒没想到他会跟上，局促地说："还、还好。"

进到楼梯口，梁嘉词打开手机电筒，增强光亮，他领先春舒几个阶梯，光打在扶手空的地方，旁边的情况可以看得一清二楚。

又是不经意地照顾她，不刻意多说什么，春舒不由得多看了他一眼。

取了书后，梁嘉词把她送回宿舍区，她又是道完谢就走了。

平平无奇的独处，实则春舒心里涌现丝丝窃喜，在背过身时，她的唇角弯了弯。

春舒周末打算回家住两天，刚到家门口，听到父母激烈地争吵着。

父亲担心她病情复发，没有钱再治病，周围的亲戚都已经借了个遍，还欠着钱。母亲歇斯底里地质问难道没钱就不救女儿了吗？还有弟弟被吓哭的声音……站在外面不动的春舒最后转身离开。

回到学校，春舒给邱凯炜发消息问：你们实验室有需要帮忙做的数据吗？我可以接，按上学期你给的价就好。

邱凯炜格外兴奋，以为春舒改变了主意：有的，我们教授手里很多项目，我和学长学姐忙不过来，一些基础的工作你能帮忙最好，我回头和教授说一声。

春舒：谢谢了。

邱凯炜：不用和我客气！我们是好朋友！

春舒提交了奖学金的申请表，还打算报名参加专业比赛，把数学建模大赛往年的文件看了，主要关注奖金数额。

忙忙碌碌两天，春舒从数统学院出来，啃着红豆包，算作今晚的晚餐，手里拎着的面包和牛奶是明早的早餐。

路过操场，春舒坐在角落的阶梯上，看着大家跑跑跳跳，放空思绪。

"春舒。"

头顶响起一道声音。

春舒抬头，和梁嘉词对视上。

他穿着休闲装，脚下踩着滑板，痞劲十足地叉着腰，见她看来时还热情地挥手。

春舒惊喜会在学校看到他，听说他住校外，很少来学校，连组会都是能逃则逃。

梁嘉词踩住滑板的一头，另一头翘起来，他快速抓住拿到手里，整个动作干脆利落。

"吃什么好吃的？"他坐在她旁边。

春舒打开口袋:"红豆包,吃吗?"

梁嘉词看到一盒牛奶:"明天的早餐?"

春舒:"你想吃也行。"

梁嘉词注意到她另一边放着卷好的塑料包装,应该是刚吃完的,他不认为是饭后零食。那天聚餐他特地观察了她吃饭的模样,确实吃得很慢,像兔子进食0.5倍速版,她食量小,所以面包估计是晚餐。他不客气地拿过红豆包,撕开包装吃起来,几口解决,还把牛奶喝了。

"你来运动?"春舒默默地收拾好垃圾。

梁嘉词指了指不远处几个玩滑板的少年:"当然是来滑板社受人追捧的。"

春舒:"你滑板滑得很好?"

梁嘉词自夸道:"我想做的事没有做不好的,只取决于我想不想做。"

他确实有资本说这句话,能在江都大学顺利保研的人不是真混日子的,不过是奉行取悦自己高于取悦他人的行事原则。

"你呢,怎么愁眉苦脸的?"梁嘉词问。

春舒把他的那份垃圾收拾好:"没有愁眉苦脸,我只是在想能找什么兼职。"

春舒高考得到的奖金一部分用来还债,一部分用于大学开支,但远远不够,她需要攒一笔钱。

"兼职啊……"梁嘉词笑着说,"来我这儿怎么样?我缺一个助理。"

春舒惊愕:"你……开公司?"

完全看不出来,她以为他只是家里有钱随意玩乐的公子哥。

梁嘉词站起身,拍了拍裤子:"先陪我去吃饭,我慢慢和你说。"

春舒随着站起来,问:"你不是刚吃了面包?"

梁嘉词拿过她收拾好的垃圾袋,迈步往前:"你那面包怎么填得满我的海胃,你请我吃东西,我请回你,吃饭去。"

春舒还站在原地,没捋顺他的脑回路。

走出几步的梁嘉词转着手里的滑板,笑着催她:

"走啊,小春舒。"

第三章
看上小学妹了?

送你春花

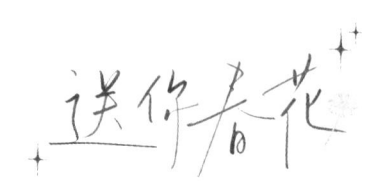

梁嘉词带着春舒去的是学校附近的港式餐厅,菜品精美且分量小,可以多点几份,两个人用餐时菜品不会显得太单调。

平日里春舒为了保持头脑清晰,吃得较少,一个红豆包做早餐刚好,但当晚餐确实不顶饿,在看到菜单的名字后,她有点儿饿了。

"你说的兼职……具体是干什么的?"春舒问。

大学生找兼职不容易,长期兼职更难找。学校周边招人手的店铺早满员,很多公司招实习生要求严苛,坐班时间长、报酬少,再算上通勤开支,几乎只能攒个经验,赚钱是不可能的。而且作为刚入学的大一新生,现在学的公开课较多,专业课接触浅,公司几乎只会优先考虑大三大四生。

梁嘉词给她倒茶："简单来说，负责管理我的工作。"

春舒想到梁嘉词的专业。

编剧专业也需要助理？到片场给他跑腿吗？娱乐业的报酬会不会稍微高一些？主要是非专业的她能胜任吗？

习惯想问题往深远想的春舒在他说完一句话后，脑子里冒出无数的问题。

梁嘉词："我的副业是写小说，最近忙着写新书，有一些日常事务需要一名助理打下手。"

春舒眼前一亮，身子往前倾，下肋骨紧贴桌子："你写小说？"

梁嘉词享用她此刻流露出来的崇拜："嗯，工资一个月一万，随叫随到，过年过节有福利，能接受？"

数额吓到春舒："你……写小说很赚钱吗？"

梁嘉词："大概？应该？"

春舒："会不会太多了？"

梁嘉词挑眉，不着调地笑了笑，强调："我说了——随叫随到。"

春舒思考可行性，梁嘉词又保证："绝对不会占用你的上课时间。"

春舒急需用钱，不是被钱冲昏头脑，谨慎地说："其实你可以去找全职助理，不是更好？"

梁嘉词用吸管摆弄着柠檬红茶里的冰块，痞痞地勾了勾唇，说道："我雇人只要自己看着喜欢的。"

冰块在玻璃杯中撞出零零碎碎的声音，渐强渐弱，春舒摊平放在膝盖上的手,指尖微微颤着,手心热出一层薄汗。她愣愣地坐着,由着对面的男人肆无忌惮地将她每一个表情收入眼底,而她只能欲盖弥彰地低眼。

他的话……很难不令人多想。

菜正好上来,打破了走向沉默的暧昧氛围。

吃完一小碗饭,春舒擦干净嘴说:"我可以……先试试吗?你给的待遇很好,我怕做不好。"

梁嘉词爽快地答应了。

回到学校,梁嘉词借口消食,和春舒一起走回宿舍。

春舒有些好奇地问:"你为什么会写小说?"

"要聊人生理想?"梁嘉词打趣笑说,"因为家里不同意我报考传媒专业,老头子断了我的零花钱,买不了想玩的游戏卡,在朋友家蹭住半个月后,我的自尊心受到打击,想着一定要赚一笔钱打他的脸,也没什么擅长的,就跑去写小说了。"

春舒正想接话夸两句,毕竟他都揭老底了。

梁嘉词喟叹:"但老头子有钱是事实,我再写十本书也超越不了他的财产。"

春舒再次惊叹他的诚恳,不担心别人取笑他,问:"你以后打算做小说家?"

梁嘉词摊手:"还是做自由职业者吧,没办法保证一直会是一个想法。"

"你什么眼神?"梁嘉词对上春舒扬起的脸,上面满是清纯的呆滞，过分可爱。

春舒思考数学以外的事情，脑子转得格外慢，她缓慢地说："挺羡慕你的，你好像……尝试过很多有意思的事情。"

梁嘉词说："别说得这么悲观。"

春舒抿了抿唇："不是悲观，是打心底羡慕。"

梁嘉词看着她乖巧的侧颜，问道："你呢，以前做过最有意思的事情是什么？"

"没有。"春舒毫不犹豫地说，"我爸妈一个是初中数学老师，一个是高中数学老师，我启蒙早，从记事开始就是在写数学题和参加比赛，后来……大学了才接触数学以外的事物。"

梁嘉词玩笑地说："我猜猜，你是不是不喜欢数学？"

他以为她有着很多电视剧里发生在天才身上老掉牙的故事，一直在做不喜欢的事情，上大学获得自由后打算反击。

春舒摇头："没有，我不喜欢也不讨厌，只是在重复做擅长的事。"

男人不搭话了，她偏头看去。

"你什么眼神？"换成春舒问梁嘉词。

梁嘉词夸张地说："哇……你是什么恐怖怪物，你学数学是擅长的，专业人士听到这番话要一哭二闹了。明明奥数女王是妥妥的主角剧本，你这话一出，成大反派了！"

难道这就是王者全方位完美的碾压？

春舒被他滑稽的语气逗到，小小地笑出声。

她的笑容感染了梁嘉词，他想，终于把她逗笑了，她笑得真好看，他还想让她一直这么开心。

他把特地带来的滑板放下，一脚踏上去："要不要试试？我带你绕一圈。"

"我？滑板？"春舒的笑声停止，摇手拒绝。

梁嘉词伸手："绝对比数学题有趣。"

这句话成功勾起春舒的兴趣，几秒后伸手过去，梁嘉词直接握住。

——体温交融。

春舒站在滑板上，还是没梁嘉词高，害怕掉下去，她紧紧拉住他衣服的后摆。

似乎肢体接触发生在他们之间是一件自然的事，谁也没有因为亲密的举动变得僵硬和尴尬。

梁嘉词为了让春舒不那么害怕，手横过她的腰，握住她肩头下一点的地方，减少她的不安。

春舒学得挺快，但核心力量太弱，站不稳，滑了几秒无法掌控方向，差点撞上绿化带，梁嘉词一脚踩住滑板，紧急停刹。

过了把瘾后，春舒下地，体内全是飘飘然的感觉："不玩了……"

梁嘉词收起滑板："下次带你玩别的。"

春舒傻愣愣地点头。

梁嘉词收起滑板，和她继续散步，差不多到门禁时才将她送到宿舍门口。

宿舍大门前，梁嘉词拽回要进门的春舒。

春舒以为他又要提醒走时要打招呼，先出声："学长，再见。"

"你这么乖啊。"梁嘉词哼笑说，忍住上手捏她脸的冲动，从口袋翻出手机，"把微信加上。"

被一句"乖"逗得脸通红的春舒傻傻地"哦"了几声，飞快地和他扫码加好友，接着转身跑走。

晚上，春舒躺在床上酝酿睡意，枕头边的手机屏幕闪动。

梁嘉词：试用期明天开始？

春舒：嗯，我给你发一份我的课表。

梁嘉词接收后，说：明天上课前帮我去传媒学院取份材料，我这几天有事暂时过不去。

不客气的口吻令春舒心安，毕竟拿着工资，不做事心里过意不去。

梁嘉词又说：周六没课啊，正好我有个活动，你和我一起去吧。

春舒：好的！

梁嘉词：时间差不多了，早点睡，安了。

春舒能脑补出梁嘉词说"安了"的痞子语气，笑了笑。

她回道：晚安。

发完，春舒放下手机，翻身入睡。

莫名地，她特别期待新的一天到来。

这是她活了十几年少有的感觉。

春舒没想到领取的是延毕材料。

白莓盯着眼前稚嫩的女孩看了又看，转身，长按语音键，说道："师哥，你丧心病狂啊，指挥新生帮你跑腿，你已经懒到这个地步了？"

梁嘉词："记得把我订的外卖给她。"

白莓翻了个白眼，师门三人，两个师兄师姐摆烂，导师也快跟着一起了，就她苦苦支撑，没有一个靠谱的！

把对话全部听完的春舒站好，不敢东张西望。

白莓转身，扬起标准的笑容："麻烦你跑一趟了，等会儿还有课吧，这个给你，赶紧去上课吧，别耽误了！"

给完东西，白莓借口还要去准备材料，风风火火地走了。

春舒打开袋子，看到里面是热乎的碎肉粥和豆浆。她来不及吃早餐，赶着去上了第一节课，大课间时在户外找了处没人的地方才把早餐吃了，因低血糖引发的不适缓解不少。

回教室的路上，深思片刻，她给梁嘉词发去信息。

春舒：谢谢你的早餐。

梁嘉词回复得飞快：不客气，昨晚把你的早餐吃了，你领完资料再去买应该赶不及了，是我考虑不周。

他哪是考虑不周，是考虑得特别周到。吃掉她准备的早餐，以请回去的理由请她吃饭，又以赶不及第一节课的理由点了早餐给她。

如果换一个人，她会回一些扫兴的话，但现在对方是梁嘉词，春舒完全换了一个心境，最后她回了一个表情包，这还是从梁嘉词那儿收藏的。

收好手机,春舒坐回舍友占好的位置。

小七凑上来嗅了嗅:"闻到了不简单的味道。"

春舒拉衣服闻了一下:"汗味?"

怎么可能是汗味,春舒身上全是香味,小七趁机搂住她:"嘿嘿,外头有男人的味道!"

春舒磕巴:"别……别乱说话。"

小七:"你结巴了!"

春舒心虚:"真没有……"

小七还想纠缠,被身边八卦灵通的巧妹发出的惊呼打断。

巧妹不可置信地说:"有人投稿,疑似梁嘉词和女友在学校内约会。"

小七凑上去:"我看看!"

三人挤在一起,一惊一乍的,春舒也翻出手机,点进了学校的论坛,最上面飘红的就是他们提到的帖子,她呼吸乱了几拍,带着复杂的心情点进去。

一楼的照片把她吓到了。

正是昨晚梁嘉词扶着她玩滑板的背影照,他们担心会撞到人,特地找了人少的场所,没想到会被路过的人拍到。

下面全是在猜女生身份的。

3L:是谁啊?看这背影感觉小小一只。

4L:梁嘉词身边走得近的女性……白莓?祁子薇?

5L：我觉得比较像研三的苗灵洙。

6L：楼上，饭可以乱吃，话不可以乱说，灵洙女神是医学院沈知律的女朋友，前段时间情人节的朋友圈把我甜死了。

7L：楼上我建议贴图，有饭一起吃！有糖一起嗑！

8L：不可能是白莓，她现在一个人苦苦支撑师门，别说谈恋爱了，她为两个延毕的师哥师姐操碎了心。

9L：稚玥是梁嘉词的师妹吧！今年意外地选择延毕啊！

10L：啊哈哈哈稚玥也延毕了？他们的师门特色是延毕吗？

11L：笑死了！传媒学院女神副教授星星老师的风评被害。

12L：今年还能招到研究生吗？

13L：现在全靠老师的美貌和操碎心的老幺白莓苦苦支撑。

14L：难道是稚玥？

15L：稚玥不是有男朋友吗？

16L：分手了吧？最近看到她男朋友和别的女生走得挺近。

…………

后面的评论莫名歪了方向，大部分在津津有味地讨论稚玥的事。春舒收好手机，安静地坐等上课，假装成无事发生的模样。

几天过去后，论坛的热帖成了三食堂阿姨打菜手抖太严重，没有人再关注梁嘉词的私人生活。

周六一早，春舒在学校大门等着，一辆黑色卡宴停在她面前，车窗降下，露出梁嘉词的俊脸。

谁家的助理干活是老板亲自开车来接啊……

"上车！"梁嘉词笑得耀眼，和今天的天气一样晴朗。

春舒坐上副驾驶，梁嘉词说了出行目的地："漫展有个互动签售会，你陪我一起参加。"

从没去过漫展的春舒有些小激动："我需要做什么？"

梁嘉词："差不多中午的时候，我师妹稚玥会来找我要音乐剧门票，你帮我先去招待她，我先保管票，只要告诉她等我到了就好。"

春舒听傻了："没了？"

梁嘉词拿出一份清单，递过去："怎么可能没有。按照上面帮我去买一些书和周边。"

招呼客人和采购？也很简单啊！

梁嘉词看她一副"这钱我赚得良心不安"的表情，笑说："总不能让你帮我签名吧，我会挨揍的。"

春舒想想也是，收好清单。

进场前，梁嘉词戴上口罩和无框眼镜，递过口罩给春舒，让她戴好。

戴眼镜坐在签售位置上的梁嘉词散发着独特的魅力，不同于平时的帅，而是认真工作的帅。

起先她站在身后看，后来人太多，她上前帮忙翻到扉页递给梁嘉词，提高他的效率。

梁嘉词写字飘逸好看，很快就签完一本，还能自如地和读者聊天，幽默风趣，活跃着活动现场的氛围。

春舒默念着他的笔名。

——嘉词。

很简单的笔名，和他倨傲的性子一样，大大方方，从不会担心被人识破怎么办，随心所欲，永远取悦自己，像一只享受蓝天的孤鹰。

出神之际，她看到梁嘉词在A4纸上画了一个滑稽的笑脸，才意识到自己开了小差。

接着，他又写：天哪！0w0 小春舒看我看得都挪不开眼了！

春舒被调戏到，脸一点点热起来。

幸好口罩挡住了脸，没被他看到发红的脸颊，但慌乱的眼神还是把春舒出卖了。她赶紧看向前方，已经中场休息，没有人在排队。

春舒不好意思地说："别乱写！我……去外面看看，稚玥学姐应该到了。"

梁嘉词手搭在凳子后，转身向后，长腿随意乱放，笑了一声："跑慢点儿。"

春舒差点被绊倒，估计那男人又要笑话她了。

春舒很快接到了梁嘉词的师妹稚玥。都说传媒学院盛产气质美女，今天一见，确实如此。

稚玥身后跟着一个男人，不像是大学生，一身正气凛然，莫名让人觉得可靠，奈何气质淡漠，不敢让人正眼多看一会儿。

春舒不由得想到校园论坛最近的八卦。

难道稚玥真的交了新的男友？

看得出稚玥和梁嘉词关系很铁，来了之后，他们俩躲在角落勾肩搭背地聊了好一会儿，氛围轻松，只是和她一起来的男人脸色越来越黑。

春舒预感不妙，站到角落，尽量缩小存在感。

等到下半场签售开始，春舒好奇地问："刚才和稚玥学姐一起来的是她男朋友？"

"你也好奇这个？"梁嘉词打开笔盖，"我以为学霸对八卦都不感兴趣。"

春舒："怎么会，都是人。"

梁嘉词勾勾手，示意她凑近。

春舒犹豫一下，低下身。

他一直没说话，短短几秒，春舒的心悬到最高处。在她快起身时，他才嬉皮笑脸地说："她没告诉我。"

被耍的春舒把书合上，凌厉地瞪了他一眼。

逗她玩啊！

梁嘉词怕她真的生气不理他，解释道："应该是的，我也是第一次见，她最近回老家做实习老师，应该是在那边认识的那个男人，和你听到的八卦不是同一个男生就对了。"

春舒听明白了："她是和前男友分手了？"

梁嘉词："我没问，按照稚玥的性子，碰到前男友出轨，一定会分手，绝对不留着过夜。"

春舒没想到真的是一出大戏。

除了八卦外,她最佩服的是梁嘉词能左右逢源,好像走到哪儿都有朋友,大家对他也很友好。

下午来签售的人不多,春舒穿梭于几个展厅给梁嘉词采购,当纸上的几十行字变成实物,需要整整一个蛇皮袋才装下。

把东西放到车后座,春舒擦了擦额头的汗,继续回到互动舞台后等候。

她看了眼在前面配合读者拍照的梁嘉词,好奇心达到了顶峰,拿出手机查了他写的小说,看完后被惊讶到,没想到这位传说中不正经的男人其实是位悬疑小说作者,系列文在杂志上连载了七年,目前只出到第四部书,广受大家的喜欢。

梁嘉词又给她带来不小的震撼,她对他的敬佩又多了几分。

太阳落山,终于结束了签售。

梁嘉词摘掉眼镜和口罩,拧开瓶盖喝下半瓶水:"没想到这么累人。"

"你以前没参加过?"春舒给他递上纸巾。

梁嘉词说:"嗯,以前就是出版写写签名页。类似漫展的互动签售,今天是第一次。"

春舒:"怎么突然想来了?"

"雇了小助理,得努力赚钱给她发工资啊。"梁嘉词笑着耸肩。

春舒瞪他一眼,反而惹得他笑得更灿烂,似乎他就是来她这儿讨骂的。

梁嘉词的笑容变得有些讨好,说道:"我新书的最后一个单元故事还没写出来,我编辑顶着上面的压力工作,我怎么也得出面营业了,要不然他要三天两头来问候我。"

春舒把湿纸巾塞到他手里,示意他把沾到的墨水擦干净:"你知道还不赶紧写。"

"好好好,我今晚回家就写。"梁嘉词一副听训的耙耳朵模样。

本来被戏弄攒了一肚子气,他又态度端正地说好话,春舒再有气也消了。难怪别人会不屑他的吊儿郎当,却又敬佩他,这磊落大方的性子真的很难得,会照顾他人情绪,又能调动活跃氛围,做正经事特别靠谱。

看到春舒眼里生出的一丝温意,梁嘉词笑:"是不是要夸我?我喜欢听!"

春舒冷下脸:"收拾好走了,浪费时间。"

走出几步,她返回把他手里拿着的小包纸巾扯走。

不给他了,好心还被调戏,他就是个浑球。

吃完晚餐,梁嘉词送她回学校,问:"考虑得怎么样?"

指的是兼职助理的事。

春舒的视线从窗外的风景收回,看着前方,繁荣的街景、多彩的霓虹灯、暗沉却不再闷人的苍穹,坐了这么多次车,她内心第一次生出身边的一景一物都是如此的特别、美好的感觉。

开心地参加一场有趣的漫展,再开心地返程,没有堵车,行驶在宽敞的马路上,晚风温柔地吹。这一切全是因为认识梁嘉词后才有的,她好似站在飓风之中,过去生灰的所有被吹散,心里的绿地重新变得生机盎然。

春舒淡淡地笑了笑:"下次再去是什么时候?"

梁嘉词明白这是答应的意思。

春舒回到宿舍,给梁嘉词发送已经抵达的消息后,又接着忙手里的工作。

差不多十一点,春舒把弄好的数据拷贝到U盘,再送去数统学院。

邱凯炜亲自出来接春舒。

春舒看了眼灯火通明的实验室,关心地问:"今晚又要熬夜?"

邱凯炜:"是啊,最近老师有个项目要验收,师兄师姐都在忙,我也不好意思走,留下来还能学到东西,挺好的。"

他不忘问上一句:"你呢?要不要来看看?"

春舒把U盘递过去:"不了,你早点休息。"

邱凯炜:"我给忘记了,你不喜欢熬夜,能早睡就早睡。"

高中熬夜备战高考,邱凯炜和物理最后一题死磕着,一直算不出来,给春舒发消息求助,他以为高考在即,大家都会熬夜学习,可直到第二天她才回消息,那以后他便知道她有不熬夜学习的习惯。

春舒:"和你说一声,这一单结束,我就不接了。"

邱凯炜:"啊?为什么啊?不是做得挺好的吗?"

春舒抱歉地说:"我最近找了一份兼职,可能会占用大量的课余时间。不好意思啊,也谢谢你一直以来的帮助。"

邱凯炜不喜欢春舒的语气,虽然他知道她一直以来都是这样,说话慢吞吞的,不咸不淡,但很容易让他主观误会是要和他生分。

在春舒要走前,他叫住她:"小舒,截止前你会和教务处提交换专业申请的,对吧!"

春舒否认:"不会的,我挺喜欢现在的专业,如果以后有我帮得上的地方,可以找我。"

邱凯炜看着春舒远去的背影,黯然神伤,他一直以为她是同类人,他们懂彼此,是最好的朋友、战友,进入大学后也会一起在数学领域有所作为,他不怕被她的光芒压住,不怕成为不被注意的陪衬。他比任何人都能看到春舒的闪光点,早在她声名大噪前,他就已经是她的第一个拥趸了。

所以,春舒的选择他无法理解,也不能接受以前共同规划的理想道路只有他一个人。

春舒回到宿舍,脑子里几次浮现邱凯炜的眼神,她明白他的用心和对她的期望,可惜她不想永远停留在一个领域,她希望啊,可能会很短暂的人生再丰富一点吧。

莫名地,她想到了梁嘉词。

似乎心有灵犀一般,他发来了信息。

梁嘉词:周四下午你没课,陪我去办个事。

春舒:嗯,我提前在哪儿等你?

梁嘉词:等你下课后,我直接去接你,顺便吃个午餐。

春舒:好。

梁嘉词:时间到了,去睡觉吧,小心长不高。

春舒想回一句"你才长不高"，但想到男人直逼一米八五的身高，她收起手机去洗漱睡觉。

回来时，他发来新消息，满屏的小心翼翼和讨好。

梁嘉词：长得高高的春舒睡了？

春舒差点笑出声，看来是被他误解成生气了：准备睡了，刚才洗漱去了。睡了。

梁嘉词：安！

春舒不得不承认，碰到梁嘉词后，不知道是他太会逗人，还是自己的笑点变低了，她几次笑得脸快僵硬。

春舒认真地打下回复，发送：晚安，周四见。

周四上午是体育课，最近都在测八百米，春舒早早就申请好免考，别人考试，她帮老师登记。

小七和春舒抢到的是同一门体育课，测完立马打着遮阳伞过来，贴心地拿纸巾给春舒擦汗，问她："累不累啊？"

江都的初夏正午阳光晒，春舒脸上出现两坨粉红，在她病态白的肌肤上特别明显，小七担心她会随时中暑晕过去。

春舒在观察最后一组的考试情况："还好，有点热。"

小七拿过成绩表："我来登记，你去屋檐下休息。"

春舒有些低血糖的眩晕，可能是因为刚才练瑜伽消耗能量了："这个我还是可以做的。"

小七虎得很，强势地说："我来！舍长都说了，你弱不禁风的，要多照顾，回去要是看到你这样，我肯定要被罚连续拖地一周。"

春舒知道她说的是反话，但还是听话地站到操场外一排树下的阴凉处。

"春舒。"

右边突然传来一道声音叫她。她侧头，脸颊碰上冰凉的东西，还带着水汽，好在温度没有真的刺骨，但突如其来的一下仍然吓到她了。

梁嘉词从她身后出来，戴着鸭舌帽，手里提着两罐果汁，露出贝齿，笑问："草莓还是桃子？"

一身潮牌穿搭的男人手里拿着两罐粉嫩包装的果汁，怎么看都有点滑稽的可爱。

春舒擦干净脸上的水，指了指桃子味："你怎么来这么早？"

梁嘉词替她开好，插好吸管递过去："不早了，差不多下课了。"

春舒喝了一口，甜甜的味道正好适合急需糖分的她。

梁嘉词问："跑了多少秒？"

春舒答："我免测，身体不好。"

梁嘉词语气夸张："哇——春舒，今天你们班的人最羡慕的人就是你，免测啊！我当年体育测试最渴望的就是下大雨，最好需要测试的那天都下，那我就不需要体测了。"

春舒不留情地揭穿："我们有室内体育场。"

梁嘉词咬住吸管，斜乜一眼，气压低沉，脸黑，大手似乎要将手里那罐被他衬托得小小的粉嫩包装果汁捏瘪，春舒听到铁皮微微凹陷的声音。

她"扑哧"一笑,也学着他常哄人的语气,说道:"你会梦想成真的。"

"不了。"梁嘉词欠揍地说,"我没有体育课了,也是他们羡慕的对象。"

春舒笑得不行,压了下肚子。

"不笑了,你们老师叫集合。"梁嘉词拿过她手里的果汁,"赶紧的,我在停车场等你。"

春舒补充能量后,好了许多,回到队伍。

一直暗中观察的小七奸笑:"春舒——外面真的有男人了啊,老实交代怎么回事!"

春舒本就顶着被太阳晒出的红晕,不担心脸红被看出什么:"是同个社团的好友,你别多想。"

小七望着男人离开的方向,摸了摸下巴,柯南式低头思索:"好熟悉啊……这人我是不是见过……"

老师的讲话打断了小七探索真相的机会。

体育课结束,春舒又向小七解释了几次才成功脱身。在宿舍快速洗好澡后,她换了一身干净的短袖和裙子,赶去停车场找梁嘉词。

春舒敲了敲车窗,梁嘉词打开车门。

他手里捧着电脑,开门后,继续十指飞快地输入,估计是在写剧本或者赶稿。他赶稿子时一般表情比较轻松,如果是一脸沉重,多半是在写剧本。

春舒认真地看，他的表情十分沉重。

梁嘉词发了条语音，应该是给稚玥的，说的是："摇完骰子了，我最大，我先选任务。"

对面的稚玥不服气："上次是赢的人制定规则，这次是小的先选！"

梁嘉词不管稚玥给出什么理由，直接说要写最简单的综述，然后把手机按灭。

春舒瞠目结舌，难怪都说白莓作为团队最小的师妹却要为全家操心，两个不靠谱的师哥师姐写个作业都在抢最轻松的活，怎会不令人操心。

春舒问道："我们去哪儿？"

梁嘉词云淡风轻："我家。"

春舒还没反应过来，车子已经开出去。

站在上升的电梯里，春舒往后靠，低着头，高速运转的脑子停止了思考，连梁嘉词的背影也不敢多看一眼。

梁嘉词也没表现得很自在，看着前面反射的镜面，他第一次在意起自己的穿着打扮，是不是太随意了？头发怎么没抓得有型一些？接下来交谈的用词要不要再斟酌一下？

"其实是想拜托你帮忙做个作业。"梁嘉词的解释出卖了他的紧张。

可同样紧张的春舒完全没注意到，她身子僵硬，迟缓地点头：

"嗯……好。"

说多错多，梁嘉词双手抄兜，静静等待电梯停在自己所住的楼层。

老师总称春舒是大赛型选手，赛前可以快速进入状态，沉着冷静，不受外界干扰，放在现在也合适，在门锁"嘀"一声后，她恢复了身体控制权。

梁嘉词拿出准备好的拖鞋，因为鞋柜高度偏矮，他直接岔开双腿大剌剌地蹲下来，放到春舒脚前，一面起身，一面说："干净的，可能有些偏大，走路小心。"

随着他站起来，像一座突然拔地而起的高山，春舒低头从平视再成仰头。

男人的行为举止随意洒脱，礼节却很到位，擅长观察细节的春舒内心最后一丝紧张消散，淡笑说："谢谢。"

梁嘉词反倒局促起来，傻二愣似的摸了摸脑袋，走到里面去拿作业。

春舒跟着他穿过走廊，走进客厅，被突显个性的格局布置惊艳到。

一面墙上放满唱片和书籍，一些市面上绝版的专辑就摆放在中央，和主人爱显摆自己的性子一致。其中历史书偏多，其次是哲学书，书皮有翻动的痕迹，还能看到书脊的标签，不仅是装饰，这些书全是他看过的，没动过的书堆在角落，和一把贝斯并排。

中央是宽大松软的沙发和桌几，下面铺着厚毛毯，还堆了几本书，最上面的一本正摊开倒扣，应该是他最近在读的。从摆放位置来看，他应该很喜欢坐在地上靠着沙发看书。

物品摆放乱中有序，和他外在不符，单从屋子看，他更像是饱读诗书、潇洒挥毫落纸的文客。

梁嘉词把地上的书摆到旁边的柜子上，清了清嗓子，再把购买好的部分材料放在桌几上："我外婆上的老年大学最近要办活动，后天要上交了，只能麻烦你了。"

春舒愣住："老年大学？手工课？"

梁嘉词："老太太也是玩心太大，一时间忘了有这回事，只能找我救急，不巧的是，我手工不好。"

春舒还处在震惊中。

外婆玩到忘记做作业，然后让外孙帮忙？

就挺……嗯，家庭氛围挺和谐的。

春舒盘腿坐下，问："你外婆呢？"

梁嘉词语气随意："今天她和舞伴有双人舞比赛，应该在省文化中心吧。"

春舒更震惊了。

老太太心不是一点儿大，是非常大，临近关头还能开心地去参加比赛，能猜出是个非常会享受生活的性格。

春舒拿过梁嘉词记下来的手工要求，决定做个剪纸花灯，因为她手工也不好，但好在学习能力强、善用搜索，她建模挑选完材料，接着动手制作。

起先梁嘉词还想支招,到了后面,他识趣地听从指挥,担心自己的歪主意耽误时间,最后他直接变成"后勤保障部队",给她端茶送水,还订了外卖和奶茶。

晚上七点春舒完成了80%,梁嘉词提议先出门吃饭。两人到附近商场吃烤肉,返程时下了大雨,走到半路的两人被淋了个半湿。

进到家门,梁嘉词用干净的浴巾裹住春舒:"先去洗澡!"

春舒生怕染病,慌张地说"好",走到一半折返回来:"我……我没衣服。"

梁嘉词不确定地问:"要不……穿我的凑合?"

春舒:"嗯……"

一时间两人都有些不好意思,梁嘉词拔腿去房间找衣服,春舒躲在卫生间里。

衣帽间里,梁嘉词翻了一遍衣服,最后把宽松的衣服拿出来,在镜子前比了一下,应该……能当裙子穿?出门前,他又从最底层翻出高中时的球裤,那会儿他身材偏纤瘦,比现在穿的号码小一大圈,春舒应该能穿。

春舒接到衣服和裤子,上面有常在他身上嗅到的清淡洗衣液味,她的脸一点一点地烧起来,把头埋了下去。

"春舒?听到了吗?"梁嘉词在门口叫她。

春舒回神:"你、你说什么?"

玻璃门上男人的轮廓逐渐清晰,他凑近:"洗漱台旁边有吹风机,记得把头发吹干。"

春舒回头看了一眼墨绿色的吹风机:"嗯……好。"

玻璃门上的阴影消失,随后脚步声也渐远,春舒赶紧脱掉衣服去洗澡,不再乱想。

苗灵洙进到单元楼,拿出手机,骂骂咧咧地发了一条语音:"赶紧下来接老娘,下大雨也让我送材料,小心我和沈知律告状!"

梁嘉词淡漠地回复:得了吧你,都赚了多少了?你舍得断了我们这关系?

苗灵洙傲娇地说:"梁嘉词你说话注意些,回头律哥看到我们的对话胡思乱想,我让你负全责。"

梁嘉词:好了,进门。

电梯门打开,苗灵洙进去了。

一分钟后,梁嘉词从厨房出来,开门对上苗灵洙八卦的嘴脸,手里捏着材料,扬了扬。

他正要接过来,苗灵洙收回去:"梁少,不请我进门坐会儿?"

忽然,浴室方向传来吹风机的声响,苗灵洙眼睛都亮了。

梁嘉词堵住门:"行了啊,见好就收。"

苗灵洙贼笑:"谁啊?你先告诉我,我立马滚得远远的。"

梁嘉词不作声。

苗灵洙拍了拍手里的材料,外层塑料的包装上有水珠,里面的材料毫无损伤。

"要不你解释一下,这个又是什么?"苗灵洙挨近了说,"你要雇助理我理解，但我当年自告奋勇给你做助理都没被看上，这就看上我们小学妹了？还开了一万月薪，节假日福利也有，就这样你说没有别的意思，我不信。"

梁嘉词倨傲地睨了一眼："明知故问。"

苗灵洙夸张地捂住嘴："认真的？"

梁嘉词伸手："合同。"

"渣男。"苗灵洙不留情地怼了一句，"想追学妹，又带人回家。没见过你这么渣的。"

梁嘉词头疼："你平时也这样和沈知律说话？"

苗灵洙说："怎么了？沈知律就是闷骚，就爱作精，你是拆不散我们的！"

梁嘉词对他们私下恩爱的细节不感兴趣，只说："合同签好了给你，早点回去。"

在门合上之前，苗灵洙手搭在把手上："真的假的？"

"成了请你们吃饭。"梁嘉词勾唇一笑，神采奕奕。

"里面是春舒啊。"苗灵洙用肯定的语气说完，"嘿嘿"笑了笑，转身挥手走了。

可不能耽误了好事。

梁嘉词哪里不懂好友在想什么，颇为无奈地摇了摇头。

春舒吹干头发，对着镜子整理衣服，内衣裤用吹风机很快吹干，不至于真空。梁嘉词给的衣服能穿，长到腿根，就是裤子……她绑绳后又外翻了一圈才勉强没掉下去。

回到客厅,没见着梁嘉词的身影,春舒继续做手工作业。

梁嘉词从厨房出来,手里拿着白色瓷杯,放到她手边:"姜汤,喝一杯暖身。"

春舒接过:"谢谢。"

她抿了一口,甜度刚刚好。

梁嘉词坐下来和她一起做手工,直到晚上十一点半,一只玉兔灯笼做好了。

"我送你回去吧。"梁嘉词想起来明天是周五,春舒还有课。

春舒:"我们……门禁了。"

她面上冷静,实则内心惊恐不已,第一次夜不归宿,她担心被查寝。

梁嘉词摸了摸鼻子:"在这儿住一晚?"

春舒起身:"我先给舍友打个电话。"

三人没看到春舒回来,大概猜出她有事,打听到今晚不查寝,让她放宽心玩,别忘记明天下午回来上课就行。

"我……住一晚可以吧?"春舒回到客厅问梁嘉词。

梁嘉词:"前天家政阿姨刚打扫过客房,可以的。"

就在氛围要陷入尴尬的时候,梁嘉词问她要不要一起看电影,春舒坐到沙发上,点头说可以。

暗下灯,他随意从片单里选了一部文艺片:《情人》。

鲜少看电影的春舒却觉得新奇,灰蒙蒙的画质、富有技巧的拍摄，都勾得她挪不开眼。

梁嘉词看了几次手机，编辑在催稿，他不得不中途打开电脑码字，春舒也不受影响，独自看完电影。

片尾曲响起，梁嘉词还没写完，春舒有些困了，思考着剧情昏昏欲睡。

她读不懂故事的内核，只难得地在电影里看到男人的深情和女人的坦率，相爱时理性，分开时理性，她抱着幻想他们是不是在某一时刻相爱过，可现实骨感，他们确实只在某一刻相爱过，分开后男人对女人念念不忘，或许女人也意识到自己的感情，可他们的爱情不会再有结果。

悲情的结局使得人情绪低落，春舒垂眼思索着，似乎嗅到了电影里压抑潮湿的空气，窥探到百叶窗后禁忌的缠绵悱恻的爱恋。

她想不出一个结果去定性这部电影，只享受着思考的过程。

梁嘉词以为她是真的睡着了，拿过毛毯盖在她身上，接着继续赶稿，敲键盘的力度放缓，"咔咔"的声音已经变成闷声不响的轻触音。

春舒看着他的背影，从电影的悲情里挣脱出来，鼻尖嗅到的是雨后清新的空气和残留的甜腻姜糖味。

电影还是太扯了，现实中哪儿来这么多纠缠不清、爱到至死的浪漫故事。

第四章
耳边的雏菊

送你春花

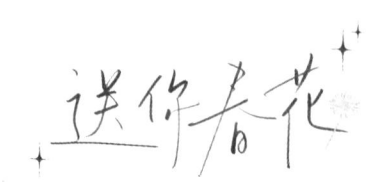

打下最后一个句号，梁嘉词再也压不住内心的狂躁，伸手四处摸烟，忽然记起屋里还有春舒，讪讪地收回手。保存好文件看了眼时间，凌晨三点，刚刚好，他把文件发给编辑。

可能交稿了，唯唯诺诺三个月的人跩成大爷，自认为很酷地打下"拿去"两个字，神清气爽地合上电脑，实则浑身都空了。写小说，还写悬疑小说，每次写完他都要进入一段"放空时间"。

瘫够了，梁嘉词撑起身子坐到沙发上，慢慢地挪动着凑近春舒，担心她坐着靠睡不舒服。

屋里没开灯，只有走廊一盏微弱到近无的壁灯，近视五十度的梁嘉词背光瞧不清，倾身想看看睡着后的女孩又是什么模样。

她柔美的轮廓逐渐清晰起来，从下往上看，在他身上刚好的衣服，她穿着松垮，领口露出大片肌肤，锁骨明显，脖侧有一颗小黑痣。

他担心她着凉，将腰间的毯子往上拉，遮住胸口。

再往上看，饱满的下巴，小巧的嘴和鼻子，接着是……漂亮的杏眼，他离得特别近，能看到她根根分明的睫毛，还有眼睛，特别漂亮，里面水波轻轻晃荡……

梁嘉词和那双漂亮眼睛对上时，猛然回神。

心想，完了，她没睡，刚才他那副肆意打量她的浑蛋样全被看到了吧。

"怎么没睡，在想什么？"梁嘉词努力装作自然，试图糊弄过去。

春舒一直在观察梁嘉词，她不介意他刚才的行为，心里……说实话挺开心的，那是不是代表着他对她也有这么点好感？

为了不让氛围尴尬，她聊了聊自己的观影感想："电影里女主真的很清醒地明白她和男主在一起是想要得到什么，也能看清自己的内心，挺令我震撼的。"一个人活着，敢于直面欲望并且坦率处理，有些人直至死亡都无法做到。

"你不是？"梁嘉词学着她，枕着沙发，和她隔着暧昧的距离对视。

春舒："不是，就算直面死亡，我也不知道自己究竟想要做些什么。"

梁嘉词凝视着一动不动的女孩，好似就要归于尘土，逐渐没了声息："没睡就在想这些？"

"我还在想——"春舒微微动了动身子,"今晚真的不会发生什么,是吧?"

梁嘉词轻慢地哼笑:"会发生什么?"

忽然,他凑近,垂眸看着她的唇,流里流气地嗤笑:"这个?"

此刻的梁嘉词才变得熟悉起来,这之前,他过分拘谨了。

春舒问:"因为我来你家,你今天紧张了?"

"嗯,紧张了。"他也没有隐藏,"挺担心你对我的印象。"

所以他傻气地想了些事,像极了愣头青。

春舒鼻尖碰上他鼻尖,当然明白这句担心意味着什么,微微笑了。

"梁嘉词,我进乐协是因为对你的好奇心。我想你这样随心所欲的人,应该过得很精彩,我想尝试你这样的人生。"春舒毫不遮掩,心脏"怦怦"跳也要说,慌张到尾音发颤也要说,只是觉得氛围刚好。她也不知道过去几次相处算不算暧昧,算不算为这一刻铺垫,但不管算不算,她不是蹉跎的性子,尽早要个答案,了却心事。

梁嘉词笑了笑:"会不会失望?我好像过得挺无趣的。"

"不无趣,你觉得你的生活比数学、物理、化学无趣吗?"春舒说,"我过去的人生就是这些。"

只偏爱文科的梁嘉词说:"那还是我的生活有趣些吧。"

话题打开了,两人百无禁忌地聊了起来。

梁嘉词:"算哪种感觉?"

——对他,算哪种感觉?

"哪种都行。"春舒慢慢吐字,故意把呼吸喷洒在他脸颊上,像电影里的女主角知道自己拥有会让人迷恋的美貌,知道车里的男人拥有金钱那样,贴近车窗,献出一个吻,主动下钩。

用词含混不清,是因为她目的不纯。不单纯的爱,且都不算爱。喜欢若带着目的性,她怕说出来,"喜欢"这词背了欲念的锅。

——鱼会咬钩吗?

空气中好似弥漫着电影里才有的潮湿味。

又好似,散发着他在休息站递过的那罐果汁的味道,跟初夏一样酸甜青涩。

混杂搅在一起,变成泥泞雨夜特有的味道记忆。

他微微偏头,俯身下来,凑近一点,看她一会儿,确定着她的心意,在她垂眸盯着他唇的那刻,他吻住了她。

春舒感受到男人的臂膀比她看起来更有力量,他的身板也没有藏在宽松T恤下那般纤薄,断断续续的吻,令她越发情动。

她紧张时拽衣服的老毛病改不掉,这次拽的是他的衣摆,被他拉开手腕,带了声笑,用诙谐的话逗她,笑着说拽得太紧了,衣领勒人。

春舒思考得越来越慢,脸越来越红,开口却很直白:"会做些什么吗?"

梁嘉词淡笑:"不会。"

接着又吻了她。

他的确不会做什么,好像亲吻只是在回应她的坦白,仅止步于此。

春舒睡到第二天中午，梁嘉词把外婆送去学校，带回话，老太太很喜欢她做的灯笼，打算在班上介绍时特地夸夸她，会给视频反馈。

难得见到如此时尚的老太太，春舒期待起视频。

回去半个月，没有人再提及那天晚上的事，似乎仅是一次观影后的激情所致。社团事情不多，几人都是大忙人，半个月不聚一次也正常。春舒专注备考六级，空闲时间全闷在图书馆。

其间只和梁嘉词有过一次交流。

他发来了老太太介绍灯笼的视频，梁婆婆是个气质绝佳的小老太，听说有很多人追求她，还有很多小姐妹喜欢和她玩。

春舒反复看了三遍，老太太有一半时间在夸她，放下手机她才意识到自己唇角挂着笑。

江都夏季多雨，春舒今天穿着白布鞋，担心脏，下午又没课，便站在屋檐下等雨小。她琢磨着五月梁嘉词还没给她派任务，就这样到手一万？还是本月工资不发了？

一辆黑色汽车停在面前，车窗降下来，春舒和男人四目相对，细雨频落，像一道薄纱隔开他们。

梁嘉词一手握着方向盘，一手随意搭在窗边，挑眉："上车。"

春舒顿了下，无意识地，可能是许久没碰面，看他的眼神深了许多。

她撑开伞,雨丝被切断,拨开一层又一层薄纱,走到他面前:"去哪儿?"

梁嘉词:"有个组会,结束了陪我改剧本。"

改剧本也算工作内容吧,春舒没多想,收伞上了副驾驶位。

梁嘉词有个组会,春舒陪同去到教研楼,远远看到白莓站在门口。

白莓板着脸说:"我还以为你不来了。"

梁嘉词:"稚玥没来?"

白莓:"师姐工作日要上课,晚一点儿她自己会联系星星。"

梁嘉词指了指旁边的休息室:"先去那儿等,我订了些吃的,一个小时就能结束。"

春舒乖巧地进门等着,知道组会不方便外人参与,坐下来后,拿出老师推荐的参考书籍阅读。

十分钟后,骑手送来外卖,量挺多的,她给梁嘉词发消息问要不要送进去。

梁嘉词:不愧是小春舒,上道!把咖啡和一份小吃送进来就好。

春舒放轻力度敲门,多送了一份小吃,梁嘉词悄悄地给她竖起拇指。

白莓看了眼轻手轻脚掩门的春舒,用胳膊肘碰了碰梁嘉词:"师哥,是不是有点儿欺负女朋友了?"

"别乱说话。"梁嘉词打断。

白莓:"不是啊?"

梁嘉词:"还没追到。"

白莓"啧啧"几声。

梁嘉词靠着凳子,修长的手指旋转着笔,傲娇地扬起下巴,说:"快了。"

"人家看不看得上你这副浑蛋样?"真不是白莓刻薄,她是担心春舒受不了。

梁嘉词用笔敲了她一下:"作为婆家人,你能不能对我有点儿信心。"

"行行行,给你说好话,但你也不能欺负人家好姑娘。"白莓坚决站在美女这边。

梁嘉词笑了。

小姑娘怎么会吃亏,算盘珠子打得响着呢,那天晚上说的话纯属就是想占他便宜然后不负责。

与其说她有恋爱的想法,不如说她更倾向于和他激情地厮混一场。

四十分钟后,春舒已经把书看完,那边的组会才正要结束,她远远听到白莓再三强调一定要按时完成任务,不能拖,更不可以赶 deadline(最后期限),要保证质量,梁嘉词贱兮兮地来了句他的高质量就是 deadline,气得白莓摔门而去。

春舒等他进来,把吃的推过去,说:"白莓学姐也是为了你好,你以后别说话气她。"

梁嘉词："知道了。"

春舒意识到自己说了什么，急忙解释道："我不是要管你的意思。"

梁嘉词坐下来："管着呗，我喜欢你管着。"

春舒眨了眨眼睛，沉默了片刻，怯怯地说："梁嘉词，如果没那个意思，就不要说那些话。"

梁嘉词抱着手，审视面前的女孩，长得文静，谈吐温暾，却特别清醒，毕竟乌龟急了还会咬人。

"你生气了？"梁嘉词问。

指的是那晚越界的举止后，他没有任何表示。

春舒摇头："没有。"

她又没有迷糊，他亲过来她也没有躲，你情我愿，谈不上生气。

梁嘉词："我这段时间没找你是因为导师临时有事，我代替她跟剧组，山里没信号。"

他解释得认真，春舒却不知道作何表示。

梁嘉词："我还弄了一个工作室，想着等弄完了再和你签合同，以工作室的名义给你发工资。

"这方面绝对不能占便宜。"

春舒不知道他什么意思。

"春舒，我是正经人，要么跟我谈恋爱，我不玩情人那套。"梁嘉词靠着凳子，摆出大爷样，"不干没名没分的事。"

春舒看了他一会儿，把书翻到第一页："你不是要改剧本？

先忙。"

氛围僵住,仿佛一颗大石沉海,深不可测,迟迟传不来回响。

春舒不喜欢二刷,无论是试卷还是电视剧都一样,而此时为了回避他,她选择将手里的书再看一遍,真是为难她了。

梁嘉词也有自己的傲气,话都说到这份上了,她无动于衷,他不会再上赶着惹人嫌。

等梁嘉词完成改剧本的任务,春舒收拾东西离去,走前说:"我要回一趟学院,时间不早了,学长路上小心。"

看着春舒不徐不疾的脚步,梁嘉词心底窝火,好像受影响的只有他,她能立马从风月事中抽身而去,当作一切从未发生。

过了几分钟,自动门打开,春舒站在门外。

梁嘉词以为她是回心转意了,紧紧盯着,仿佛一只伺机而动的狼,倒是要看看她有什么表示。

春舒表情木讷,撞上他那双戾气满满的眸,频繁眨眼:"我笔袋忘拿了。"

梁嘉词用尽所有的素质憋住那声自嘲的咒骂,一直以狠狠的眼神盯着春舒,直到她再次消失在门口。

春舒有点儿被吓到,愧疚感铺天盖地地压来,她捏紧手里的笔袋,指尖绷紧泛白,忍住要解释的冲动。

她害怕别人的认真,害怕真的投入感情,因为她不知道自己还能活多久,可能很久,可能明年,可能……明天。得知自己的疾病可能复发,每一天她都活得提心吊胆。

将死之人去谈爱，是不负责的。

该落入深渊的是她，而不是陷在泥潭里时，还要拽着他一起。

到了门口，她站在不远处的大树后，又怕被发现在偷看，往湿漉漉的草地靠近，一双白鞋脏了，她也顾不上，一直看着门口，直到梁嘉词从教研楼离开，她才沿着湿冷的校道回宿舍。

走回宿舍的路上，她已经做好最坏的打算，助理的兼职应该没办法继续了，需要重新找新工作，这个学期也要结束了，如果不留任，就算是默认退社团。

他们的关系……可以慢慢淡下来吧。

想到这里，她心里特别不好受，堵堵的、闷闷的，莫名的失落令她对一切都提不起兴趣。

不上课的时候，春舒照常就泡在图书馆，写完作业就看书，有几次在校园里远远注意到梁嘉词，她便低头假装忙碌，当成没看到。

忽然身边的凳子被拉开，春舒仰头，邱凯炜冲她笑了笑。

春舒意外在这儿看到多数时间泡在实验室的邱凯炜，小声问："你怎么来图书馆了？"

下意识地，她用手挡住正在看的书，眼尖的邱凯炜瞥到书脊作者的名字。

——嘉词。

他想到最近听到的传闻，心中的疑惑越来越重。

春舒真和梁嘉词好上了？就连随意拿的一本闲书，也要和他有关。

邱凯炜放下书包，拿出专业书籍，笑说："我假期要和导师他们做项目，下个月就要忙起来了，提前准备期末复习。"

春舒"嗯"了一声，继续看书。

邱凯炜碰了碰春舒的胳膊："专业的事我们意见不一，不至于连朋友也没得做吧？"

春舒笑了笑："不至于，我也没多想。"

"那就好，我还担心你真的气我多管闲事。"邱凯炜打开书本问，"要不要看看我们专业的几道题？"

春舒："该不会是想让我帮你算题吧？"

邱凯炜笑："被看出来了啊。"

春舒也没什么事，靠过去问："想算哪题？"

邱凯炜拿出最近同学们都在争议的一道题，像高中课间一样，和春舒凑在一起小声讨论解题思路。

不远处的几桌，苗灵洙贴近用书挡住脸的梁嘉词，顺着他望的方向看去，在看到春舒和某个陌生男人热烈交谈时，恍然明白最近玩世不恭的梁少爷怎么爱上泡图书馆了。

苗灵洙嗤笑一声："心里冒酸了吧？"

梁嘉词冷着脸："有吗？我忙着。"

苗灵洙看了又看，笃定说："估计他们有戏。"

梁嘉词烦躁："不会说话就闭嘴。"

"我怎么不会说话了？"苗灵洙不服气地扬头，"那男的可是和小舒一届的省探花，第二名和第三名是有灵魂共鸣的，懂吗？"

苗灵洙还做了两拳对撞的手势。

今天为了伪装特地戴上眼镜的梁嘉词当然看到他们手里那本绿色封面的数学教材，恶狠狠地瞪了一眼苗灵洙。

苗灵洙作为十级论坛选手，每届新生的故事都多少了解："不仅如此，我听说两人初中开始就在一起玩竞赛，高中三年每场比赛都是搭档，有个词怎么说来着……对了！他们这种关系叫青梅竹马。"

梁嘉词转头，暴戾的眼神似可以杀人。

苗灵洙吓了一跳，扑到旁边搂紧沈知律的胳膊："律哥，你看他，好凶啊！"

真正来学习的沈知律放下笔，看了一眼女友和好友，有他俩在的地方就没有安静可言。

他空出手搂住苗灵洙的肩膀，说："你要是喜欢人家，找她说清楚，好好追人。"

苗灵洙有大腿抱了，跟着附和："对呀对呀，律哥说的是。"

梁嘉词不屑地冷哼一声，傲娇地说："谁稀罕，老子好话不说第二遍。"

都被拒绝了，他没理由再摆着狗尾巴上去讨好。

苗灵洙想回嘴，沈知律拍了拍她："好了，你是来陪我还是来和他吵架的？"

"难得有假，当然陪你啦。"苗灵洙黏糊糊地搂着沈知律。

梁嘉词瞥了一眼小情侣，心里更烦了。

中途，梁家来了电话，让梁嘉词回家吃饭。为了不再被气，明知回家会被家里人念叨，他还是应了下来。

梁嘉词也不知道今晚是第几次听到父亲念叨关于专业的事了。

他往嘴里塞了口牛排，慢条斯理地吃完，笑着说："老头子，我都二十六岁了，硕士都要毕业了，你怎么还想着让我转专业学医？这是准备等我苦学八年，你在医院给我开后门，捧我做主任？"

梁母瞪了一眼儿子："你小子怎么和你爸说话？也不是非要你做医生，医院总需要人管理继承。"

全省最好的私人医院是梁家的产业，家里人打的是什么主意，梁嘉词一清二楚，但他对做生意也不感兴趣。他看了眼同是外科主任的父母："爸妈，你们就放弃吧，我和医学就没缘分，不是那块料。"

"我们家祖上就是行医的，怎么到你这儿就不是这块料了！"梁父想不通，一大家子读书人，怎么教出一个吊儿郎当的浑蛋。

梁嘉词不嫌事大，开始拱火："妈，他怀疑你。"

梁父眉毛都竖起来了，正要发作，坐在首位的老太太说："好了，你们都少说两句，嘉词难得回来陪我吃顿饭，你们要是不愿意吃，就回医院忙去。"

梁嘉词给外婆夹菜："外婆多吃些，强身健体。"

"谢谢我的乖孙。"外婆笑眯眯地说，对这个外孙喜欢得不行。

梁父匆匆解决晚餐便走了,梁母离桌前,严肃地说:"妈,学校那边来电话,你出勤率太低了。还有你,别什么都帮着你外婆。"

说到老年大学,外婆沉默下来,梁嘉词更不敢说话。

等人全部走完,外婆拍了拍胸膛:"你爸妈就是爱管人,医院的病人还不够他们管,连我老太太的快乐都要剥夺。"

梁嘉词:"外婆,妈说得也没错,你为了和那小老头跳舞,已经连续翘课六次了,这可不符合一个退休干部的行为规范。"

外婆傲气地哼了哼,不给外孙添麻烦:"知道了,我不会再翘课了。"

她快速转移话题,问道:"那个女孩……春舒是吧,你什么时候带她和外婆吃顿饭?"

"外婆你想多了。"梁嘉词回想到今天图书馆的事,面露难色。

外婆:"啊?你看不上人家啊?玩弄人家啊?不会为了外婆的作业,哄骗人家女孩帮忙吧。"

梁嘉词:"没有……"

外婆观察着外孙的表情,忽然想明白了:"人家看不上你啊!"

梁嘉词不接话。

外婆笑着说:"小姑娘厉害啊,眼睛雪亮着,知道我外孙是个浑球,没有马上中套。"

"外婆,风凉话少说,我会心理扭曲的。"梁嘉词神情变得恹恹的。

不就是表白被拒,怎么身边的人都来踩他一脚,难道真的是他性子太恶劣，不招春舒喜欢？

陷入自我怀疑三秒，梁嘉词否认掉这个想法，春舒她才不是这么俗气的人！

外婆："你小子也没恒心，追人哪有一次就成的，万一人家小姑娘有顾虑呢，有言不由衷呢？还有啊，追一次就放弃，她会更肯定你是想玩弄她的感情。"

梁嘉词才觉得心里苦，春舒压根没想和他恋爱。

"你也别太轴，不能傻追，也得有点手段。"外婆作为过来人支招，"套路懂吗？不过分的套路都可以培养感情。"

忽然灵光一闪，梁嘉词瞬间想通了，心里有了主意。

不就是想和他玩嘛，玩呗，他又不是玩不起。

回到房间，梁嘉词倒在床上，拿出手机拉了一个新群。

苗灵洙最先发现：不是吧？背着紫薇和小舒拉新群，太不是人了。

叶资：拒绝小团队，我要退群！

裴奇胜：+1！

梁嘉词去阳台点了根烟，点燃后咬在嘴里，回复：期末前有一次路演，我们也参加。

苗灵洙：太阳从南边出来了？是担心明年顺利毕业了所以今年疯狂参加校园路演啊？

叶资：不太正常，词哥碰上事了？

苗灵洙：不如说他长"恋爱脑"了。

说是路演，不如说追人。

梁嘉词不服：谁长"恋爱脑"啊？

裴奇胜在实验室待久了，倒是有兴趣：选好歌了？

梁嘉词分享歌曲链接。

——[《少女的祈祷》分享来自……]

看到的三人集体陷入沉默。

苗灵洙：呵……

裴奇胜：真不是"恋爱脑"？

叶资：梁少女，你是有什么心事吗？

梁嘉词气得想把三人踢出群，发出最后一句"明晚在沈知律的小别墅见"，退出聊天框。

在微信聊天页面滑动两次，他才找到春舒，点开，聊天内容还停留在上次外婆介绍灯笼的视频分享，他心中骤生一团闷火，丢开手机去衣帽架换运动装，出来路过床铺，捞起手机，把春舒设置为置顶，再丢开，阔步出门往楼上健身房走去。

第二天下午，梁嘉词结束组会开车去往乐队练习地点。

沈知律考上大学后，家里送了两套房产，其中一套是小洋楼，闲置了可惜，就被他改成了乐队活动地点，几人有空都在那边聚。

梁嘉词瞥了一眼时间，下意识地拐过图书馆的校道，瞧见春舒从里面出来，手里拿着一本书，他正想在路边停车，紧接着她身后有男人追上，他握着方向盘的力度紧了紧。

连续一周了,邱凯炜就没有事要忙?天天跟在春舒身后,他是跟屁虫吗?这么阴魂不散!

梁嘉词转头不再看,直奔校门。

他到时四人已经坐在沙发上打牌聊天。

叶资看了眼化身怨夫的梁嘉词,小声问:"几天不见,他怎么成这样了?"

苗灵洙拿着牌挡脸:"这不是老牛吃嫩草,结果发现嫩草更爱嫩牛。"

沈知律的手按在苗灵洙头上:"少乱用比喻。"

苗灵洙借机从他身上揩油,把他当成人肉靠垫,往怀里一靠:"我说的是事实啊。梁少女前几天还无所谓,发现春舒和竹马亲亲密密,立马坐不住。"

裴奇胜从牌里抬头,讶异地问:"他认真的?"

几人知道梁嘉词路演的目的后,也不怎么放在心上,那天群里的话全当成老友之间的调侃,年龄和阅历摆在这儿,他们不觉得向来我行我素、随心所欲的梁嘉词会对小他七岁的春舒动心。

叶资:"不清楚,但是现在他的斗志完全被激起了。"

苗灵洙看着跟电话号码似的牌面,本就一肚子火,放狠话:"你们要是敢伙同梁嘉词欺负学妹,我就把你们揍成猪头。"

朋友可以做,但是玩弄女生感情的事情她绝对不会容忍。

叶资和裴奇胜不敢惹会散打的苗灵洙,她看着知性温柔,其实是个武力值爆表的酷姐,两人前后点头表忠心。

结束牌局,叶资站起身,看了眼坐在另一张沙发上抽闷烟的梁嘉词说:"梁少女,开始吧。"

梁嘉词斜乜一眼,满身戾气:"你叫谁少女?"

苗灵洙叹气:"哎呀,叶子哥你怎么能乱叫梁哥少女呢,梁少女不过是想唱一首歌,少女他也没有恶意,不必总是强调,我们大家都知道梁少女在想什么,也绝对支持梁少女的行为。"

梁嘉词正烦着,咬牙切齿:"苗、灵、洙——"

一口气连说五个少女,她绝对是故意的。

苗灵洙躲在沈知律身后:"梁少女生气了,律哥,我好怕!"

沈知律把苗灵洙拉到电子琴前,阻止了一场一触即发的大战。

三个幼稚鬼凑在一起都八十多岁了,还只会耍嘴皮子。

春舒路过教研楼往里看了一眼,邱凯炜问她:"要去哪儿?"

"没有。"春舒摇头,"我只是在想事情。"

邱凯炜问:"下周组织大一去研学,你去吗?"

每学期会有一次研学,大一由学校组织,其他年级由学院组织,因为人数多,不会去太远的地方。按照往年的经验,这次应该会去省博物馆、省科技馆和省规划馆。春舒作为土生土长的江都人,从幼儿园到高中,去这些地方的次数一只手数不过来,兴趣不是很大。

邱凯炜:"如果你不去,我们去看电影。"

春舒:"我问问我舍友,我打算和她们一起。"

邱凯炜:"好吧,下次有空再约你。"

春舒:"嗯。"

在下个路口,春舒先行一步。

回到宿舍,三人也在讨论研学的事。除了小七是本地人,其他两个都是北方的妹子,还没去过江都的景点,打算报名参加。小七拉上春舒一起,要给她们当导游。

春舒也没其他事,便答应了。

整个五月,春舒就替梁嘉词做了一件事,工资拿得让她良心不安。睡前她鼓起勇气几次点开输入框,但不知道说什么才好,回想起那天他的眼神,她没有搭话的底气。

就在她为难时,聊天框多了一条消息。

梁嘉词:在忙?

春舒愣了一下,点了几次才弹出输入法。

梁嘉词:下周末我要去剧组,你和我一起去。

春舒在想,这是继续聘用她的意思?

梁嘉词:路途比较远,要住上一晚。

春舒:嗯,我周五研学结束后就没事了。

梁嘉词:到时候去接你。

春舒回了"好",简单的对话到这儿就结束了。

放下手机,春舒呆呆地看着,不知道梁嘉词是什么态度。按理来说,他应该会厌恶她,毕竟她的所作所为轻视了他。

研学结束后,春舒婉拒了舍友的聚餐邀请,回宿舍收拾衣物。

东西不多,一个书包正好,差不多到约定时间,她去到教研楼等梁嘉词。

一段时间不见,他周身的气质变得阴郁许多,春舒也知道是因为那天不欢而散的谈话。

车上,梁嘉词专注地开着车,春舒也不出声打扰,氛围凝固住,比先前更僵硬了。

晚上九点抵达隔壁滨市,梁嘉词开了一个套间,有两个房间,可能因为忧心他们之间随时会崩塌的关系,春舒没有多余的心情欣赏酒店有多奢华。

她在梁嘉词进房间前叫住他:"我……有什么需要做的吗?"

梁嘉词看她一眼,疏离淡漠了些:"有,我等会儿给你发一份材料。"

春舒说完"好",他的房间门也合上了。

十分钟后,春舒收到一份文件,写满了需要她找的文献,任务量挺大的,她坐在外面客厅慢慢检索。

"现在给你任务不是让你熬夜完成。"身后响起梁嘉词的声音。

他刚洗完澡,穿着深灰色睡衣,脖子上搭着白色毛巾,发梢湿润,刘海随意往后抓,露出额头,深邃的五官给人视觉冲击力更为强烈,极具性张力和破碎感。

春舒因为乱了拍子的心跳结巴了下:"我也不是很困……"

梁嘉词凑过来:"弄了多少?"

春舒把平板递过去:"三分之一了,外国文献比较难找。"

梁嘉词简单地看了一眼："引言也一起翻译了。"

"好。"春舒点头，恨不得他多给自己一些任务。

梁嘉词深深地看她一眼，起身回房拿东西，把一份合同放在她面前："你看看。"

春舒快速翻阅，不确定地问："真的……打算聘我做助理？我一个月也没帮你做多少事。"

"说到做到，我还没这么小气。"梁嘉词把笔递过去，懒洋洋地靠上沙发，"还是你着急和我划清界限？"

春舒不是很有底气："没有……"

梁嘉词抱着手："那就签了。"

春舒也不扭捏，把名字写在乙方处，在合同上看到了梁嘉词说的工作室，找话题和他聊天："怎么开了工作室？"

梁嘉词笑："原本担心和你在一起工作后和私生活搅到一起，占你便宜，以工作室名义签你比较好。现在看来，白担心了。"

春舒没想到他说的"占便宜"是指这个，他考虑得很周到，也证明了，他那天的话并不是开玩笑的。

"对不起。"春舒轻声道歉。

梁嘉词收好合同："不用道歉，显得我像个用尽手段让你愧疚的浑蛋。"

虽然他真的是浑蛋，但也想给她留下好印象。

留下一句"早点休息"，梁嘉词转身回了房间。

春舒看着他消失的方向，窝在沙发里苦笑一声。

她才是浑蛋,是自私鬼,明知自己的情况,却还是去了乐协。

早上十点,用完早餐,春舒和梁嘉词去山里找剧组,两小时的车程还好,主要是山路崎岖不平,春舒晕得难受。

梁嘉词让师傅开慢些,到半路叫停,他带她走一段,让她缓一会儿再坐车。

日头晒,春舒戴着帽子,被风吹飞,梁嘉词在后面接住:"晒会儿太阳吧,你肤色白得不健康。"

路两旁有大树,阴凉处还是有的,春舒还算能承受住,拿着帽子继续往前走。

梁嘉词瞧见她病恹恹的脸色,有点儿后悔带她过来。本来他是想借机和她多独处一会儿,没想到弄巧成拙。他走到她旁边,挡住照射下来的烈阳。

等上车后,春舒流了鼻血。她吓了一跳,梁嘉词比她更慌,手忙脚乱地给她擦血,以为是中暑,用纸巾蘸水贴在她脑门上,催司机去最近的门诊。

春舒擦干净鼻血,拿下额前的纸巾,梁嘉词阻止她:"别乱动。"

春舒垂眼:"我没事……我是因为鼻子毛细血管容易破裂,揉几下就会流鼻血,老毛病了。"

"真的?"梁嘉词半信半疑。

春舒说:"真的,车里空调这么足,怎么会中暑。"

梁嘉词还是坚持让她冷敷十分钟。

到了目的地，梁嘉词独自去找导师，强制她在车上休息，春舒有些小失落，她原本还想欣赏一番山间的美景。

梁嘉词摸了摸她的脑袋，语气里藏着不易察觉的温柔："好了，下次还有机会，先休息。"

春舒看着他远去的背影，伸手理了理头发，在车附近活动，又在车上小憩了会儿，车窗被敲响，她知道是他回来了。

降下车窗，春舒看到勾唇雅痞一笑的梁嘉词，身后的落日一半没入山林，余晖四起，层叠的醺色渐浓。

梁嘉词撩开她耳边的长发，别上一朵沿途采摘的花。

春舒摸上去，被他拉住手腕："别动，很漂亮。"

她被夸得不好意思，腼腆地问："这是什么？"

梁嘉词回答："雏菊。这边是荒山，没什么景点，只看到一片白色的雏菊花海，这个季节也只有山间能看到了，摘来送你。"

他从身后拿出一小束雏菊，还是用杂草绑在一起的。

春舒会心一笑，接过那束花。

梁嘉词见她笑了，问："好受一些了？"

不过是流了鼻血，男人不但紧张得很，还担心她心情不好，小心翼翼地照顾着她。春舒出神地看着他。

雏菊是一种很美好又很残忍的花。

——藏在心底的暗恋。

——青春里最纯洁的快乐。

——离别了，仍旧很爱很爱你。

此刻,该是哪一种?

天边蓝色褪尽的画布上,黄昏四溅,清澈的风吹着,纤弱的白色花瓣晃动摇曳,花蕊中间有点点淡绿,花朵的淡香萦绕散开,辛涩的气息钻入鼻尖,明明是最微不足道的雏菊,却在她心底开出一片花海。

男人的眉眼清晰地映入眼帘。

春舒择出一朵,放在梁嘉词衬衫胸前的口袋。

她好像没有办法再轻视一朵野花。

第五章
一首只为你唱的歌

送你春花

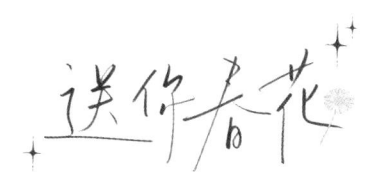

江都大学考试周的前一周是复习周，全校停课，学生自由分配时间。此刻学校静悄悄的，仿佛是假期的校园，只有图书馆和自习室满员，抢不到座位的学生会在开放的教室自习，娱乐活动几乎没有。也不知道从哪届乐协开始，为了让大家从紧张的学习氛围里得到暂时的放松，特地申请在复习周办一场路演，后来变成传统流传下来。

当然不是单纯的路演，主要还是为了来年能拉到一批新的人员加入社团。

春舒从祁子薇那儿得知乐队要参加期末前的路演，一下课就急匆匆地跑去乐团的专用教室。

从教学区跑到大学生活动中心后,春舒实在没了力气,改成慢走,可眩晕感越发严重,停下休息的时间一次比一次长。

乐协就分到一间活动室,几个乐队轮流错开使用,星暴乐队的几人全是研究生,没有考试周的烦恼,体谅备受期末折磨的学弟学妹,特地选在他们饭点的时间使用。

春舒走到三楼,在门外听到苗灵洙和梁嘉词争论的声音,似乎对某段合奏有不同的意见。

她迟疑片刻,敲响门,里面瞬间安静下来。

来开门的是祁子薇,她惊讶:"小舒,你怎么来了?"

春舒还喘着气:"乐团的社团活动少,一个学期我也没来几次,不好意思缺席。"

"他们也是正巧都在学校才过来社团活动室,多数时间在小别墅练习。"祁子薇意识到自己说漏嘴,立马抿唇,扯出一个干巴巴的笑。

春舒:"其实我时间很多的,学姐下次忙不过来可以让我过去帮忙。"

祁子薇也想啊,奈何某人不允许,为了不让春舒察觉不对劲,担心她误会自己被排外,打马虎眼说:"没事,我是顺道和叶资过去的,下次你有空我们一起。"

春舒笑了笑:"好!辛苦学姐了!"

祁子薇发现春舒难得对社团活动情绪高涨,扬了扬眉,转头对里面说:"春舒来了。"

几人坐在乐器前调音,春舒和他们一一打过招呼。

他们回应后,互相对望了几次,梁嘉词把贝斯搁置在支架上,双手抄兜,肩膀微垮着,走到春舒旁边:"走吧,我们去拿吃的。"

"啊?"春舒愣了一下,"我们?"

不应该是她和祁子薇吗?

祁子薇特别有眼力见:"我肚子疼,上个厕所,你们继续!"

春舒看着步子格外悠闲地走向厕所的祁子薇,云里雾里,总感觉大家今天有点儿奇怪。

和梁嘉词下楼时,她走在他后面,不放心地问:"你和我去不会耽误练习吗?"

梁嘉词打了个响指,笑着说:"乐队助理不在的时候贝斯手就是助理,跑腿拿外卖全是贝斯手的活。"

春舒不清楚乐队的分工:"为什么?"

梁嘉词:"因为演奏有还是没有贝斯都没有区别,乐队的闲活当然全是弹贝斯的干了。"

春舒误以为真:"真的?"

"不是,逗你的。"梁嘉词轻慢地用鼻音轻笑一声,"贝斯的存在感虽然微弱,但是缺了它的混音,其他乐器就有种各弹各的违和感。"

春舒:"其实贝斯也是乐队重要的存在,你也是!"

"小春舒,高看我了。"梁嘉词长腿一迈,从三级台阶上跳下去,微微向上蹦时惯性做了个投篮的动作,下到平地,他回头扬起笑容说,"因为随时可以偷懒,比较适合我。"

春舒眨了眨眼睛,看着眼前意气风发、笑得没心没肺的男人,这个回答确实很梁嘉词。

说是一起跑腿,梁嘉词轻松提起饭盒和奶茶,春舒就提着一小袋零食紧随其后。

回到练习室,几人凑在一起用晚餐,吃完后侃大山,丝毫没有练习的意思。等到另一个乐队来了,他们就收拾走人,继续回去各忙各的事,压根没觉得他们是来练习的,更像是吃盒饭聚餐。

春舒在图书馆预约到的位置已经提前退了,她准备回宿舍。

大家都忙着收拾东西时,梁嘉词在她耳边轻声说:"陪我去一趟教研楼,有事。"

春舒没来得及反应,他先行离开。

祁子薇背好书包问:"小舒,你回宿舍吗?我们一起。"

"我……"春舒磕巴一下,"我……自习室的资料忘了,要过去一趟,学姐你先走吧。"

祁子薇没发现不对劲:"嗯,晚上小心些。"

临近复习周,适合学习的地方在十一点前全是学生,她不担心独自一人晚上去教学区有什么危险。

春舒从稍远的楼梯下去,担心被发现,不敢弄出太大的声响,轻手轻脚地下到一楼。

一楼楼梯间转弯处,她和等在一楼的梁嘉词对视上,因为默契的行为笑了,心里都知道对方要做什么。

到了教研室，春舒看了一圈，问："需要我做什么？"

梁嘉词坐下来后拉开身边的凳子："不是找地方复习？这里正好没人。"

他拍了拍凳子："过来。"

春舒顿了会儿，在他旁边坐下，拿出课本做题。

梁嘉词拿出电脑写论文，谁也没有出声打扰，安静地做着手里的事。

过完一遍课本，春舒才注意到身边的位置空了，在角落的沙发上看到平躺着的梁嘉词，一本书扣在他脸上，茶几上的电脑还亮着，估计是写到一半休息时不小心睡着了。

春舒起身关掉教室大部分的灯，只留讲台上最弱的一盏，走到沙发旁，准备拿开他脸上的书时，猝不及防地对上一双慵懒的睡眼，吓了一跳。

春舒："吵……吵到你了吗？"

梁嘉词不适应光亮，眯着眼，抬手拍了拍头顶的空位，示意她坐下。

打扰他睡眠的春舒心怀愧疚，把"要回去"这句话咽下，乖巧地坐到他指定的位置。

下一秒，一颗沉重的脑袋枕上她的大腿，透过薄薄的长裙料子，能清晰地感受到他的体温，她惊了一下，不好意思地想要挪开。

梁嘉词拖着懒洋洋的调子说："别动哦，我睡眠质量不好，难得睡了一会儿，就被吵醒了。"

春舒正要解释，梁嘉词忽然睁开眼睛，和垂着头的她四目相对，他笑了笑："就一会儿，十一点送你回去。"

男人的眼睛里折射着光芒，过于耀眼，他的行为举止有点轻佻，却又恪守着基本的礼节，进退有度，反而让她变得不知所措。

春舒面红耳赤，压根儿不敢低头，生怕再跟他对视，声音微弱："嗯……"

在绵长的呼吸声中，春舒的理智逐渐回到身体里，得以自在地观察周围和……他。

梁嘉词额前的碎发往两边落开，露出额头，眼窝轻微的凹陷使得他有双深邃得自带深情的眉眼，气质使然，有点痞帅。

她抬手，慢慢地靠近，最后只敢用手背碰了下他的头发，触感柔软，心脏的跳动变得频繁。

倏地——

她的手被他握住。

心脏好似也一同被攥紧，她惊怕到不敢呼吸。

醒了？

梦游？

梁嘉词闭着眼，嗓音沙哑，透着狡黠："抓到了哦，小春舒。"

春舒指尖发颤，想着干脆理直气壮地反驳好了。

他又说："好可惜。"

可惜她不是他女朋友，要不他可以蹭蹭她。他很想蹭蹭她，总觉得她的体温很温暖。

他出口的话轻松诙谐，还有种自我调侃的感觉。

春舒紧咬着下唇，被撩拨到说不出一句话，羞赧得不知如何是好，冲动之下，她将空出的那只手盖在他眼睛上。不管如何，总之，不要让他看见她此时的模样就好。

梁嘉词："春舒，路演一定要来。"

春舒："你们要演出，我会去帮忙的。"

梁嘉词握着她的手捏了捏："以观众的身份去，去听给你唱的歌。"

他又说，是给她唱的。

路演那天，春舒一早便醒了，演出在晚上八点，她吃完早餐继续复习，不过说是复习，她其实已经把重要的知识点都看完了，为了在宿舍营造良好的学习氛围，她看起了闲书。

临近十二点，春舒和小七从食堂打饭回来，梁嘉词发来消息。

梁嘉词：你喜欢粤语歌吗？

春舒：都喜欢。

梁嘉词：有特别喜欢的吗？

春舒不怎么听歌，也想不到，诚实地说：我很少听歌，给不了你们什么好主意。

梁嘉词：听得懂粤语吗？

春舒：我妈妈老家的客家话和粤语差不多，小时候我在外婆家住过一段时间，能听懂，但不会说。

梁嘉词丢下一句"好好吃饭"便继续去忙了。

小别墅的练习室里。

苗灵洙打着哈欠,揉了揉长发:"梁少女,在干什么?"

梁嘉词抱着贝斯盘腿坐在地上:"在确保行动万无一失。"

万一唱了一大半,不听粤语歌的春舒既不知道这首歌又听不懂粤语,岂不是白瞎,不如一开始就唱告白小甜歌。

苗灵洙凑过去想看,只看到备注是春舒,还未来得及看清内容,梁嘉词摁黑了屏幕。

"哎!"苗灵洙用吸管扎开饮料,吸了几口,蹲在他边上,用肩膀碰了碰他,"认真的啊?"

梁嘉词慢条斯理地调试着贝斯,"嗯"了一声。

"为什么?"苗灵洙大一就和梁嘉词认识了,"和你以前……不太像,该不会是因为追不到激起了你的斗志,才整了这一出吧。"

梁嘉词:"我还没这么闲,这事只有我乐不乐意干,没这么多为什么。"

他要面子,当然不敢说是因为春舒对他感兴趣是因为路演,所以他才想着再演一次。

苗灵洙不搭理嚣张得意的梁嘉词,去找沈知律一块儿收拾东西。

春舒作为社团小助理还是来帮忙了,主要是大家都急着复习,大四生也在为两天后的毕业典礼忙碌,空余时间最多的就是她。

下午官号放出演出名单,早早就有人聚集等待,全是因为星暴乐队慕名而来。

春舒被挤到稍后的位置,视野更广阔,干脆站着不动了。

早到的人都在讨论,大多感叹难得一遇"星暴"的路演,有时候一学期都碰不上一次。

等到五人上场,下面的尖叫声不断,还没开始已经有人带头举手机打灯,春舒在胳膊和胳膊的间隙中,看清了今日梁嘉词的打扮。

简单的黑色T恤和宽松的黑裤,似乎要和夜色融为一体,唯一不同的是他脖子上的银色拨片吊坠和露出的肤色。他的穿搭风格偏摇滚,因为是左撇子,乐器和大家的朝向不一样,又站在立麦前,很难不注意到他。

而站在人群中最显眼地方的他,慢悠悠地掏出手机,有人低声讨论他在干什么。

下一秒春舒的手机振动一下,屏幕弹出一条信息。

梁嘉词:到了?

春舒:你的正前方,但稍微靠后。

忽然,梁嘉词发来一句:春舒,我可以带你做很多有意思的事。

春舒还没反应过来这是什么意思,台上的梁嘉词报幕准备开始。

梁嘉词:和我交往,不亏。

三声鼓槌敲响,演出开始。

立麦前的梁嘉词带着三分不着调的笑。他似乎总是这样,笑得像个好好说话的学长,实则话里常带暗刺,心术不正的人在他这儿无处可逃,他多少要说两句公道话,不为别人,只为自己觉得舒心。

男人拨弦的动作悠哉,指节上戴着两枚戒指,手上的筋脉起起伏伏,有一点儿摇滚味,但他的气质太干净,长得更是俊朗白净,给人更多的是少年感。

在高中时,春舒从不相信现实生活中真有像校园偶像剧主角的男生存在。而梁嘉词出现了,推翻了她的不相信。

他说粤语的咬音缱绻好听,特别是唱这首歌——《少女的祈祷》。

刚报歌名时,不少人笑了,一个大老爷们唱什么暗恋神曲。

春舒也在心里笑,是啊,唱什么不好,非要是《少女的祈祷》。

祈祷,祈祷什么?

祈求在路上没任何的阻碍

…………

与他再爱几公里

…………

祈求天地放过一双恋人

怕发生的永远别发生

…………

祈求天父做十分钟好人

赐我他的吻

…………

为了他

　　不懂祷告

　　都敢祷告

　　…………

　　春舒听不下去了。她没勇气听到最后，对他们来说这是最浪漫的告白，对她不是，她怕灵验，怕有一天真的会因为无法与未知命运对抗，只能日夜虔诚地祷告。

　　好像怕她要半路逃走，梁嘉词时不时看过来，好在人多，并没有人发现他有意的注视落在她身上。

　　但春舒还是让梁嘉词失望了。

　　她中途跑了。

　　梁嘉词看着春舒走远的背影，撑到结束，没有多说任何一句，摘下贝斯下了台。台上的四个人也看到了，面面相觑，平时玩闹归玩闹，真的碰上事了，几人默契地没有多问。

　　苗灵洙牵紧沈知律的手，小声问："哥，词哥没事吧？"

　　沈知律和梁嘉词从小一块儿长大，太熟悉了，也从没见过他这般垂头丧气。梁家世代行医，在他们家里选择走别的路就是大逆不道，知道他一意孤行要搞文学，梁父气得把他押回港都老家宗祠来了顿家法，接着回来后他的卡被冻结、车被回收，身无分文没比流浪汉好多少，他也一直笑嘻嘻的。

　　家里人全不理解，他还是爱笑，就是笑得可难看了，理了一个寸头，唇角破了，跟流氓一样。问他怨不怨家里的老头子，他笑说不怨，大家族背景在这儿，别人家儿子、女儿总有个乐意搞医学的，老头子就他一个儿子，挣不了脸面还搞起酸溜溜的文字活，挨顿揍让他们心里爽快也没什么。顺利等到大学通知书到手，他依旧生活该怎么过就怎么过，压根不放心上，穷开心也开心。

"没事。"沈知律底气不足。

苗灵洙不理解："小舒看样子也不是讨厌词哥，怎么走得这么决绝？"

沈知律摸了摸女友的脑袋："每个人都有自己的不得已，我们能帮的都帮了。"

苗灵洙嘟囔："我是真的想他们好。"

沈知律搂住她的肩膀，安慰般笑了笑："不想了。"

苗灵洙丧气地"嗯"了一声，看着前面梁嘉词落寞的背影，心里闷闷的，和在法庭上吃了对方律师一个闷怼回不了嘴一样难受。

梁嘉词站在人群外，攥着手机，屏幕上弹出春舒刚发来的消息。

春舒：梁嘉词，对不起。

梁嘉词忍不住骂了一句难听的："理由都不给，和老子玩什么对不起。"

他从口袋中找到烟和打火机，转身去了不远处的吸烟区，一连抽了三根也没法冷静。

只有沈知律敢上前，拿走他烟盒里最后一支烟，陪着抽："她说什么了？"

"屁也没说。"梁嘉词甩了甩打火机的盖子,每一下都弄出刺耳的响声,但也难解心中的烦闷,他特别有素质地提醒,"别和老子说话,现在老子素质比较低,脏你耳朵。"

沈知律没少听他的浑球发言,也不会安慰人,直来直去地问:"接下来什么打算?"

梁嘉词烦躁地说:"能有什么打算?正儿八经地追也不理我,真要我去当情人?"

忽然想通了些事,他站起来,嗤笑说:"……不是吧,真的只想睡我?"

"要点节操。"沈知律瞥了他一眼,"春舒是正常人。"

梁嘉词可笑地"喊"了一声:"正常个毛线,和我暧暧昧昧、勾勾缠缠,连名分也不给,白给吃豆腐了。"

沈知律无语,他怕不是有什么妄想症。

春舒回去的当天晚上发了高烧,一连烧了三天,在小门诊拿药打针,好了之后身体疲惫不已,一个人闷坐着难受了好久。

小七走过来,摸了摸她的手:"小舒,好受些没?"

春舒笑了笑,脸色苍白,唇上一层淡淡的粉,看得出大病了一场:"烧退了,好许多了,我没事。"

"别和我客气啊,这周你的饭我都包了,给你跑腿。"小七拍了拍她的肩膀,"上去睡会儿。"

春舒:"好。"

她缓慢地爬上床躺下,拿出手机,自动亮屏后显示的是歌词页面。这四天她也不知道反复听了这首歌几次,歌词的每个字都印在心间,烫得她五脏六腑发疼。

梁嘉词没有回复她的消息,她大概已经被拉黑了。

三人以为她睡了,聚在一起说话时声音压得极低,讨论的还是那晚的路演,话题围绕的还是星暴乐队,多数是梁嘉词。

路演的讨论帖在学校论坛飘红了几天,热度不断攀升。春舒不敢面对梁嘉词,却在看到和他有关的话题时第一个点进去。大家都在笑猛男唱《少女的祈祷》,玩笑地喊他一句"梁少女",外号一出,他又一次出名了。

春舒周五下午回去上课,和舍友坐在一起,她们特别紧张,担心她半途晕倒,不过她休养了几天,精神越发好,倒是要反过来安慰她们。

下课后,碰到邱凯炜站在经济学院大门口,春舒和小七她们打过招呼,说不一起吃晚餐了,接着走向他。

"有事吗?"春舒问。

邱凯炜笑了笑:"听说你生病了,我一直联系不上你,担心你,就过来看看。"

春舒和他一起走去食堂:"我好多了,最近入夏不是很能适应,才发烧的。"

"那就好。"邱凯炜从书包里拿出一小袋零食,"给你买的。"

春舒笑了笑："谢了。"

走了一段路，邱凯炜几次转头看春舒。

春舒问："我能帮上你什么？"

邱凯炜不好意思地笑："我来找你就是帮忙啊？那我也太不讲情义了。舒舒，虽然我不太理解你们天才的世界是怎样的，你们怎么看待人情世故，但我一直把你当作我最好的朋友。"

他算不上春舒这样的天才，但他也不算太差，开智早，成长的路上也孤独，和同龄人没什么话题。在遇到春舒后，像是在黑暗的宇宙发出信号终于被同类收到了，虽然春舒是个淡性子，但他能交到这样一个好友，已经满足了。

"对不起啊。"春舒讪笑，"是我顾虑太多了。"

邱凯炜说："也是我的错，每次找你都是算题问数据，其他人都懒得搭理我了，就你有耐心。"

春舒认了他这个朋友，微微一笑："下次有需要，还可以找我。"

她能帮的不多，因为已经选择放弃，往后学术上再深的领域，恐怕她就帮不上忙了。

邱凯炜又看了她几眼，怯怯地问："你……和梁嘉词的事是真的？"

"什么真的假的？"春舒意外他会问这个问题。

邱凯炜说："论坛上有人讨论你们的关系，部分人猜你们在一起了，还有人说路演那首歌是唱给你的。"

春舒问："你信了？"

这类的讨论有，但很少，因为春舒是星暴乐队的助理，两人关系亲近很正常，没几个人当真，但她意外邱凯炜竟抓到了最关键的信息。

邱凯炜："信了，我看到过你去教研楼找了他几次，待到很晚才走。"

邱凯炜的导师有一个实验室在教研楼那边，碰到一次是偶然，一连几次，他怎么都能看出端倪。

"我俩没好，我……"春舒的笑容有些干，"我不想做不负责任的事。"

邱凯炜没再多问，春舒是个清醒的，也考虑得最周全，每次比赛对她是百分之百信任，再坏的处境，他也相信她能带他逆风翻盘。

不过是散了会儿步，春舒回来洗完澡便困得不行，早早躺下，闭眼前忍不住看了眼手机。

他还是没有回信。

很正常吧，这句话能回什么？换成她也会当垃圾信息处理了。

周六一早五点，春舒醒来后，坐了许久，心想着还是去医院看看吧，今年已经是第三次发烧了，每一次发烧后疲惫感越来越重，偶尔会流鼻血，低血糖的眩晕也常有，病发得太过熟悉，她很难不多想。

坐在车上，春舒看着早晨城市的街景，缕缕阳光洒落，昨夜的薄雾逐渐散去，环卫工细心打扫城市，早餐铺和蛋糕店最先营业，老板们用心装点门面，空气里全是温馨的香味。

春舒去得早，领到号后准备去门诊排队，从电梯出来，专属于医院的浓烈味道令她恐惧，她怯懦着不敢往前，最后把号丢了，转身进了应急通道。

门合上，吵闹的声音被隔绝，温度渐渐回到她的身体里。

一个男人背着她靠在窗户边，手里玩着烟，应该是烟瘾犯了，想找个地方抽一根。

注意到动静，男人回头，春舒就这样和他对上，看清容貌后，挪不开眼。她知道很失态，却觉得好久不见，想看看他。

梁嘉词挂上他标准的三分笑，已经没了那晚的怒气，平和许多："看病啊？"

春舒把手里的病历本放到书包里："嗯。"

好心给老头子送早餐的梁嘉词刚被撵出门，玩笑般地祸害医生风评："什么毛病啊，这层的医生都不靠谱。"

"会死的病。"春舒走近几步，还是没勇气靠他太近，靠在墙上，"医生挺好的。"

梁嘉词抱着手靠在墙上，跟吃了炮仗似的："嗳，春舒你拿病忽悠我吧，找理由躲我。"

春舒不介意他的语气，问："你呢，怎么了？"

梁嘉词盯着她："被人下了面子，憋屈难受，病了。"

春舒笑了笑，知道他是玩笑话："这儿的医生能看？"

"不能，绝症，能治的医生不接。"梁嘉词看着对面的春舒，吊儿郎当地问:"你呢,还有多久会死啊?"

春舒神色淡了些,回答得认真:"一年。"

如果复发,她可能真的只能活一年了。

"比你短,十个月。"梁嘉词说,"两个要死的人谈恋爱应该没负担吧?"

春舒被逗笑,确实没负担。

夹枪带棍说了一通,梁嘉词摸了摸后脑勺,低声骂了自己一句:"我就是贱啊。"

春舒听到了,努力装成没听到,一动不动。

梁嘉词掀开眼皮盯着春舒看:"我四天没睡好,恨不得删了你的好友,你就一句'对不起'打发人,你没心啊!这么多天一个消息也没有,你就是没心没肺爱占我便宜的渣女,但我贱啊,我就是想和你好,当情人也行,陪吃陪喝陪睡也行,跟我好就行。得了,你别听了,我最近说话没素质。"

不说情话的梁嘉词比说情话时更会撩拨人,他的话很糙,却一下一下往春舒心里戳,那晚以后她不敢见他,更怕遇到他,因为她知道一旦对上他,他稍说两句好话,她完全招架不住。

春舒盯着男人看,笑得很轻,像玩笑话一样说:"反正都要死,那就好吧,一年后就当我死了。"

梁嘉词看着她几秒,这是答应的意思吧?肯定是了!

他上前二话不说把春舒扯到自己怀里,抱得紧紧的,心说贱就贱吧,有对象就行。

·卷二·

少女的祈祷

第六章

在一起久一点,再久一点

送你春花

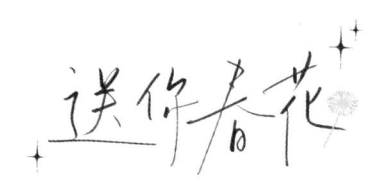

男人的力度越发大,春舒抬手拍了拍他的胳膊:"太紧了。"

梁嘉词傻愣愣地"哦"了一声,脸上立马浮现笑容,松开手,单手环住她的腰,将她从台阶上抱下来,关心地问:"真的病了?"

春舒摇头,实在没勇气告知。

这是她撒的第一个谎,今后需要无数谎言来弥补。

梁嘉词一改前面的态度:"生病了,我带你去看病,我认识人。"

"不是说这层的医生不靠谱吗?"春舒反问。

梁嘉词说:"人不靠谱,医术靠谱。"

春舒笑盈盈的。就很奇怪,她笑点挺高的,梁嘉词也不是刻意说笑话,但她每次都能被他逗笑。后来她和他说过这事,也不知道是谁给他骄傲的勇气,他得意扬扬地说她的笑点是梁嘉词,见梁嘉词就笑,爱得很。男人的话,不要脸极了。

离开医院,梁嘉词带她去吃早餐,瞧见她状态不佳,外头晒,就送她回了学校。

确认关系后,两人也没时间约会,正式进入了考试周。不考试的时间里,春舒就泡在图书馆,因为放假倒计时一周,教研楼常有组会,没有多余的教室能学习。

为了保证春舒考完试晚上能有复习的地方,梁嘉词每天跟打了鸡血一样抢图书馆的座位,在预约系统开放的前五分钟已经摩拳擦掌,一副势在必得的样子。

晚上需要写文或者改剧本、写论文时,梁嘉词会陪着春舒。不忙的时候,他就和几个好友去打球。他似乎摸清了她的习惯,在她工作和学习时尽量做到不打扰。

球场里。

梁嘉词笑得春风得意,轻松进了一个三分球,拍了拍手,道:"继续。"

叶资叉着腰喘气,走向休息的地方,拧开一瓶水,喝下半瓶才缓过来。看着场上似乎有用不完精力的梁嘉词,他问身边的好友们:"这位哥怎么了?兴奋成这样,平时懒人一个,没见这么爱打球。"

撑着脸发呆的苗灵洙发出一声嗤笑:"他打的是球吗?"

叶资:"嗯?"

"人家打的是'最近我谈恋爱了,对象是春舒'。"苗灵洙拿了瓶功能饮料抛给走向这边的沈知律,继续说,"这炫耀劲儿你还没看出来?看出来你也不问问他?他就等着你问呢。"

叶资悟了。

前几天还郁郁寡欢的梁少女,现在整个人透着一股被暖阳浸润过的舒展,想来是在春舒那儿得了不少慰藉与欢欣。

裴奇胜体力也顶不住了,摆手说:"不打了,今晚我还要去一趟实验室,得省力。"

梁嘉词没过瘾,手感刚上来,不屑地说:"你们太菜了,再打两个球。"

叶资和裴奇胜对望一眼,从对方脸上看到了痛苦。

最后是坐在苗灵洙旁边的沈知律拉住了梁嘉词。他只看了一眼时间,淡淡地说:"九点半了。"

梁嘉词一听时间,立马把球丢给叶资,拿起东西转身便走。

裴奇胜惊讶:"这是怎么了?我们中场休息三分钟都被念叨,你一句话比紧箍咒还管用。"

"图书馆十点闭馆,你说呢。"苗灵洙摊手。

原来赶着接女朋友去了。

叶资和裴奇胜又对望一眼,悟了。

跑到门口的梁嘉词又折返回来,额前的发带已经卸下来,湿了的头发随意往后撩开,露出俊脸,骨相极好的脸上带的笑太刺眼。

他笑得灿烂:"老裴,我忘带宿舍钥匙了,我去你宿舍洗个澡。"

裴奇胜找到钥匙抛过去,梁嘉词轻松接住:"谢了!"

四人准备继续刚才的话题,梁嘉词倒退两步,没个正形地笑说:"等舒舒考完试放假了,我请你们吃脱单饭,记得空出档期给我。"

这话说完,他终于走了。

"我一直都知道梁嘉词够高调够随心所欲,但对比今天一看,以前我对他的认知还是浅薄了,谈恋爱后他真……'恋爱脑'。"叶资搜刮了一遍脑子里的词,不知道如何形容恋爱后得意摇尾巴的梁嘉词。

苗灵洙干笑:"我开始怜爱春舒了。"

几个好友对望几秒,良久,在心里叹了口气。

图书馆大门。

春舒出门看到穿着黑T恤的梁嘉词,他冲她挥了挥手,腕上是黑色的运动电子表,笑容痞气,瞬间吸引了多数人的目光。

春舒走近,不太好意思,扯着他的袖子往下:"太高调了。"

梁嘉词搂过她的肩膀,笑着说:"哪儿高调了?我就是来接女朋友。不习惯啊?"

他可是特地回去把身上的汗洗得一干二净,路过落地镜时特意停下来,确认过几遍发型和形象才出门。

春舒被这一声"女朋友"弄得脸红,他身上淡淡的清香点燃了她,似乎更燥热了,她缩着肩膀,注意到路人投来诧异的目光,弱声说:"我会习惯的。"

如果她再多说一句"不",梁嘉词就会立马顺着她的意思说好话,可眼下她这般乖乖又郑重的模样,让他心窝似是炖了一锅黏稠的糖浆,正"咕噜咕噜"往外冒着热气,气泡破裂,空气中全是甜丝丝的香味。

梁嘉词一个没忍住,伸手压住春舒的脑袋,一顿乱揉,掌心的触感软乎乎的。

太乖了,太喜欢了。

"好了。"春舒偏头躲开,整理发型。

梁嘉词牵着她的手:"走,送你回去!"

春舒跟着他走最远的路回宿舍,估计要压着点才会到宿舍区。

知道他们在一起的几人基于对梁嘉词的印象,不觉得他是纯爱战士,总下意识地认为他这个浑球早把小姑娘哄骗得团团转。但其实两人交往后,他做过最出格的举动就是亲她的脸,规矩得很。

考试周飞速过去,考完最后一科,春舒从考场出来,远远瞧见站在树荫下等她的梁嘉词,他难得穿白T恤,冲她挥手,动作夸张,生怕她看不到。

春舒跟梁嘉词回了他的公寓。

梁嘉词听说她父母管得严,假期多数时间都在家照看弟弟,便要她过来住两天,带她找乐子。

一整周,梁嘉词陪着她考试,一切都按照她的要求来。春舒没怎么陪他,现在他提议,她不忍心拒绝,便对爸妈谎称要留校三天处理社团工作。

春舒住的还是上次的房间，但多数时间和他待在客厅，听他说下一个故事的构思，静悄悄地看着他，听什么都觉得新奇，都说好。

梁嘉词也不会较真地非要春舒和他推敲情节，平时推剧本时几人一上桌，争上几架是正常的，阵营随时变化，觉得谁的点子好就帮着说几句话，觉得点子烂的，就戳着痛点贬。一个剧本能磨出来，几乎是推倒重建几轮，吵架也要吵上好几轮。不过推敲剧情是工作，同行几人吵归吵，下了桌离了剧本，照样关系和谐。

和苗灵洙几人对好行程，出行定在三天后，到隔壁海边小镇玩三天两夜，春舒回家容易再出门就难，昨天和爸妈打电话说学校事情多，下周再回。

周末下午，梁嘉词熬夜改完稿子后在沙发上睡着了，醒来时看到春舒打着赤脚游走在书架前，指腹滑过一本本书脊。

昨夜空调坏了，客厅里除了窗外的蝉鸣声，只剩下老式风扇的"吱呀"噪声，空气中有太阳的暖味，白色的帘子翻腾、飘落，阳光被切出长条形状，落在地上，随着风，晃晃荡荡。

江都的盛夏不开空调热得不行，春舒耐不住，外穿着一件梁嘉词的白色工字背心，四肢过于纤细，梁嘉词想着这段时间吃得挺好的，怎么就不见她长点肉。

"看什么？"他出声打破宁静的画面。

春舒回身："醒了？在看你都看过什么书。"

梁嘉词："看得比较杂，你要是想看，我给你整个单子，中文还好，你初入门外文还是要选一些翻译得比较易懂的书。"

"好啊。"春舒总是表现出对他的世界充满好奇的样子,且好奇度胜过对他。

"今天出门吗?我订了餐厅。"梁嘉词问。

春舒不乐意,走到电风扇前:"不了吧,刚考完试我有点儿累。"

她的体力支撑不了太频繁的外出活动,更不愿在他面前暴露身体不佳。

梁嘉词讪讪地说"好",神情莫名地凝重。

下午师傅来修空调,梁嘉词带春舒进到书房等。

门板隔不住噪声,他拿来两副降噪耳机,两人窝在小沙发上一块儿看电影。

电影是他看过的,整个过程他几乎全在看春舒。

她缩在沙发里,抱着腿,下巴搭在膝盖上,目不转睛地看着,眼里有光流转,情绪淡淡的,很漂亮,他也很喜欢这么近距离地看她。

晚上终于用上空调,梁嘉词非要给春舒涂指甲油,起因是苗灵洙在朋友圈秀为出行游玩特地做的美甲,春舒有些羡慕,和他说了几句。吃完晚饭,他不知道从哪儿弄来两瓶指甲油,一个粉色,一个红色,直男审美。春舒怕翻车,选了粉色,琢磨着淡色再怎么翻车也不会太明显。

春舒不相信梁嘉词的动手能力,紧盯着:"要不……我来吧。"

梁嘉词蹲在地上,一手环住她的脚踝,不小心又涂到指甲外,懊恼地搓了把后脑勺,坚持要做到底:"不是喜欢新鲜事吗?下次我们也去店里做更好看的,先用我做得还算好看的凑合一下。"

听到男人不要脸地夸自己,春舒笑着倒进沙发。

"我要专心了,你别动。"梁嘉词捏了捏她的脚。

春舒坐好,任由他创作。

花费两个小时才弄好,感觉丑萌丑萌的,春舒动了动脚,忍不住笑出声。

梁嘉词收拾完狼藉的桌子,把手上沾的指甲油洗了几遍,两只指腹还是洗不干净。他回到客厅,看着眼前笑容灿烂的女孩。这几天她似乎在他公寓里找到了快乐,挖掘出许多有趣的东西,缠着问他一些傻傻的问题,有关文学、有关小说、有关乐队,就是和他本人没太有关。

梁嘉词蹲在她面前,伸手捏了捏她的脸。

春舒停住笑:"怎么了?"

"春舒,你是喜欢我呢,还是喜欢和我一起玩?"梁嘉词托着脸,懒洋洋地笑问。

春舒略微心虚,给出的回答很狡猾:"……不都一样?不都是你?"

虽然答应交往,但她还有自己的顾虑。这几天她努力不去表现内心的情感,不想真到结束时他陷得太深。

梁嘉词笑:"是,你说得对。"

随便吧,短时间内她不会对他失去兴趣,那他就有机会。

春舒眼底闪过一丝阴霾,心存侥幸地想,开心地相处就好,等到真的要接受现实,他们都不会受到太多的伤害。

"对了。"梁嘉词凑到她耳边,用鼻音轻笑,"还没过十二点,小春舒,生日快乐。"

春舒怔住,才记起今天是她的生日。

梁嘉词真的从冰箱里拿出一块蛋糕,两人全天都待在一起,也不知道他怎么弄来的。

"我已经……好久没过生日了,其实不过也没什么。"因为一些不好的事,她刻意回避了生日。

"生日怎么可以不过。"梁嘉词看了她一眼,"我知道了,你肯定是嫌麻烦才不过。那你有福了,以后呢,每一年我都给你过,蛋糕一年比一年大,祝福一年比一年多。明年我们办派对,叫那几个没心没肺的都到你跟前说句祝福语。"

春舒鼻子有点酸:"不麻烦你了。"

"你的事,不麻烦。"梁嘉词拿出打火机,点燃蜡烛。

莹莹的火光倒映在他眸里,熠熠生辉,她却不敢看,心疼得难受。

弄好蛋糕,他捧着她的脸,使坏地捏捏:"回神啊,想什么呢?"

春舒思考缓慢,艰难地扯出一抹笑,语气呆呆的:"忽然觉得好厉害,我活到十九岁了。"

梁嘉词笑:"傻瓜,什么语气?活到九十岁再和我炫耀。"

九十岁啊……太久了。

活不到的,她会死的。

梁嘉词点好蜡烛,说:"今天本来打算带你出门庆祝的,你不愿意,我就订了蛋糕,许愿吧。"

春舒看着眼前漂亮的蛋糕,又看了眼男人,随着年长,她很久没有正式地庆祝过生日了,主要是不想爸妈破费,而他却放在心上了,这一刻,她真的想要许愿活到九十岁。

凝视着烛光前挂着笑的男人,春舒心声混乱一番后,清晰的声音在脑中回响。

——梁嘉词,我有点贪生怕死了。

——因为我发现,我好像特别地喜欢你。

谈及死亡,早在十岁那年,春舒已经可以坦然面对,虽然对于死亡的概念模糊,但看到健朗的父母为钱奔波,越发消瘦,她觉得就这样被病魔带走也挺好的,他们已经为她付出太多了,她也想他们以后过得轻松一些。

可看到爸妈深夜拉着她的手啜泣,她又想着再坚强一点吧,真的走了,爸妈会伤心的。

后来弟弟出生,她也恢复了健康,生活慢慢恢复正轨,除了大笔债务,不过如今也快还完了。

在感知到旧病可能复发时,她比十岁时更能坦然面对,接受病魔缠身,接受体能下降,机体崩塌,然后痛苦地直面死亡。

爸妈不会再被苦难的日子纠缠,有弟弟陪着他们,他很懂事,一定能照顾好爸妈。岁月不停地在走,他们会慢慢释怀的。

对于她的死亡和离开,她早已漠然。

可突然地,再遇到梁嘉词后,她做不到了。

越是喜欢,越无法割舍,她生出了奢念,她想和他在一起久一点,再久一点。

"许愿吧。"梁嘉词又说,"最好许个祝我们天长地久、幸幸福福的愿望。"

春舒问他:"梁嘉词,你有什么梦想?"

梁嘉词深思,想不到有什么梦想,坦诚地说:"我好像闲习惯了,学了喜欢的专业,喜欢写东西就敲键盘码字,喜欢头脑风暴就约几个同好在烧烤摊侃一夜的天,喜欢闲着就可以躺着什么都不做。"

春舒:"你再想想。"

梁嘉词被她的执着感染到,深想了好一会儿:"我想拍一部自己的电影,写一个自己这辈子都会为之骄傲的故事。"

"会的。"春舒笑了笑。

她双手合十,闭上眼睛虔诚许愿。

蜡烛吹灭,梁嘉词笑问:"是许愿我们长长久久吗?"

春舒只笑说:"嗯,长长久久。"

是你的长长久久,不是我的。

十九岁的生日,她许了一个愿望。

——希望春舒喜欢的梁嘉词,心想事成。

小镇风光无限好,夏日炎炎,蓝天和蔚蓝的大海连成一片,云也白得像童话故事里一样,热浪不停地翻滚,海风带着咸腥味,地面被暴晒,空气又闷又湿。

春舒穿着一条宽松的吊带棉麻裙,头发是梁嘉词捣鼓两小时才弄好的麻花辫,他特地在发尾别上一朵雏菊,还给她把遮阳帽戴得好好的,打扮得像个漂亮的娃娃。

而他自己就随意多了,黑色吸热,所以他穿了纯白T恤,再套一件超大的衬衫,戴着墨镜,拎着可爱的大肚杯,专门给她补水的。

他空出的另一只手则牵着春舒,两人迈着悠闲的步子去和好友会合。

叶资远远瞧见走来的梁嘉词,他唇角不停地往上翘,开心全写在脸上,叶资摇了摇头,这人真的无可救药了。

苗灵洙抬了抬墨镜,问沈知律:"我们当初刚恋爱也这么腻歪吗?"

沈知律喝了口冰水:"没有,我们很正常。"

站在前面的三个人听到这番话,转过头,三脸嫌弃。

祁子薇无语地说:"灵洙姐,律哥,麻烦你们对自己有点清晰的认识。"

"你们当初也没好到哪儿去。"裴奇胜"呵呵"笑,"灵洙当时尾巴翘得和嘉词一个高度。"

苗灵洙牵住沈知律,认真地说:"哥,我决定了,这次旅行我们就和梁嘉词他们站一边,捍卫我们的爱情!"

沈知律点头,在这点上认同女友。

和梁嘉词确定交往关系后,这是春舒第一次和学长学姐碰面,她不太好意思，礼貌地一一问好。叶资开玩笑地喊她一句"嫂子"，春舒连连摆手表示别这样。裴奇胜也跟着逗小女孩，说各叫各的，不冲突。

梁嘉词租了一栋农家小洋楼，三个房间，大房间给三个女生住，男生住另外两个房间。梁嘉词和沈知律两个脱单的被分到一起。

他们站在房门前，默契地，脸上都出现了嫌弃。

梁嘉词等着沈知律开门，不悦地说："脱单旅行怎么我要和你一个大老爷们住。"

沈知律插完钥匙，难得有多余的表情："我还不乐意和你住。"

"苗灵洙比我还聒噪，你就乐意啊？"梁嘉词回嘴。

沈知律："春舒说你比苗苗还聒噪。"

梁嘉词："舒舒才没有你这么歹毒的嘴！"

两人就跟小学生一样吵了起来，最后是住对面的祁子薇实在受不了，拉开门呵斥："要吵滚房间里吵，别打扰我们睡午觉！"

沈知律和梁嘉词不敢再说话，拿起行李麻溜地进了房间。

屋子里，春舒坐在沙发上抱着肚子笑，没想到在外一本正经的两个男人背地里幼稚得像三岁孩童。

春舒几乎没和朋友同住过，起先还有些不自在，苗灵洙和祁子薇拉着她聊八卦，出门前花上两小时捣弄化妆品，春舒仿佛被打开了新世界的大门，她从不知道化妆还有这么多技巧。

六点在大厅集合，从民宿出发去看日落，到海边几人很快玩起来，春舒玩了会儿便累了，坐在边上看，偶尔踩踩水，脸上挂着梁嘉词下水前让她戴上的墨镜。

蓝色海水变成橘橙色，映照着天空，打开相机仿佛开了自动柔光，拍什么都好看。

春舒捧着手机四处拍照，对着打闹的几人录了一段。

梁嘉词从远处走过来，戴着不知从哪儿弄来的墨镜，春舒的镜头渐渐被他挡住，最后只剩下他的帅脸，勾着一抹笑，浑身带着一股痞劲。

梁嘉词："带你玩海上摩托，去吗？"

春舒还举着相机："是什么？"

梁嘉词指了指海边："带你飞奔一段，不用你出力。"

小姑娘瘦胳膊细腿的，一看就是缺乏运动，玩会儿就喘，又担心她闷得无聊，潜水她做不来，他就想到玩海上摩托。

"好啊！"春舒拍摄完海上摩托，关掉录像。

梁嘉词坐上去，拍了拍后座："我有证，放心。"

春舒往前走，梁嘉词把她扯过来，细心地替她绑好救生衣的带子。她笑着说："不是有证吗？"

"双重保险，我可不能把宝贝儿弄丢了。"梁嘉词嬉笑。

春舒一害羞就喜欢盯着某个地方一动不动，跟木头一样，梁嘉词弄完后捧起她的脸亲了一口："我舍不得，不会丢的。"

海岸边一群人聚在一起看戏，苗灵洙带头起哄，几人跟着一起侃笑，春舒挣开，瞪了他一眼。

梁嘉词没脸没皮的，喊道："别笑了，我家舒舒脸皮薄。"

"别说了！"春舒坐到后面，拍了他一下。

梁嘉词熟练操作，启动前说："抓稳了。"

话音刚落，摩托艇冲了出去，水花四溅。

跑了一圈，梁嘉词动作干净利落地甩尾漂移，激起水浪。春舒拼命往梁嘉词身上贴，生怕掉到水里。玩了差不多二十分钟，天彻底暗下来，安全起见，他们回了海边。

晚上在海边烧烤，潺热的海风飘来，没白天那么热了。

聊了一会儿天，裴奇胜作为年长的大哥，最先举杯祝梁嘉词脱单，气氛热热闹闹的。大家都喜欢逗春舒，梁嘉词就挡在她面前，让几人安分些。

接着开始玩桌游，和上次一样的分组，春舒带着梁嘉词赢了几轮指挥他们玩大冒险的游戏。几人就在海边夜跑打闹，直到凌晨才回去。

第二天在小镇逛了一整天，春舒下午睡醒只赶上在飘窗看到的落日余晖，屋内空无一人，估计都去准备今晚的夜宵了。

房门敲响，春舒说了一声"进"。

梁嘉词露出半个身子："方便进来吗？"

春舒坐好，身上穿着吊带，里面没有内衣，她套了一件今天梁嘉词放在她这儿的花衬衫："你怎么还在民宿？"

"他们先去准备了，让我等你起来再过去。"梁嘉词往后伸手，在她旁边坐下，同她一起看着外面的落日。

春舒感慨地说:"学姐学长他们真好。"

"我呢?我就不好?"梁嘉词指了指自己。

春舒笑:"你也好。"

他们都很好,她很庆幸能在大学遇到像他们这般好的朋友。

飘窗有风涌进来,吹乱了春舒的头发,衣角被撩开,她伸手拉了一下。梁嘉词顺着她的动作,目光落在她锁骨那片洁白的肌肤上,鬼使神差地伸手贴上她的脖侧。

男人的体温烫人,春舒吓了一跳:"怎、怎么了?"

梁嘉词意识到自己唐突了她,却不想松手,滑下来,轻轻握住她的肩头:"说是来玩,都没时间和你独处。"

"大家一起玩也挺好的。"春舒没想到他还有这些想法。

"哪儿好了?"梁嘉词凑近她,胳膊相贴,"回家后你假期都出不来吧,我岂不是要等到开学才能见你?"

春舒:"我爸妈……也没这么严格。"

"那也没机会了。"梁嘉词叹气,"我要去剧组,导师让我去跟着学习。"

春舒:"什么时候回来?"

梁嘉词拖着调子:"不知道,难说。"

剧组的拍摄进度时快时慢,受外界因素影响,也会受天气因素影响。

春舒看着窗外,不知道能说些什么,静静坐着。

"抱抱,行不?"梁嘉词张开手。

这段时间他发现春舒并不是很喜欢肢体接触，牵手、搂个肩和腰没事，但她有意无意会躲他的拥抱，也是因为这样，担心她不适应，他尽量不做令她不喜的肢体动作。

春舒犹豫，迟迟不接话，梁嘉词凑上来亲她的脸，安慰地说："不勉强。"

"不勉强。"春舒看着他说，"我只是……担心你不喜欢我这样的……身材。"

哪有不喜欢，他恨不得时刻想抱就能抱到。

"喜欢的。"他在她耳边说，"你怎样我都喜欢，自信些，别多想。"

春舒顿了一下，敞开怀抱紧紧贴上他结实有力的胸膛，埋头在他颈窝，鼻尖全是他的味道。

她并不是对自己的身材不自信，而是因为常年生病，她的身材瘦得有些病态，和干瘦健康的身材不一样，她担心被知晓，尽力想要掩藏生病严重这件事，所以才会躲避。

梁嘉词无声地笑了笑，把她抱到腿上，吻她的发顶："等太阳落山我们再过去集合。"

春舒："我也喜欢被你抱着……很喜欢。"

"这样啊……"梁嘉词搂紧了些，"那抱久一些。"

太阳落山了也不松手。

日落后的海边，远离城市喧嚣，海浪温柔地冲刷着沙子，缓缓潮退，勾勒了一个温良的深夜。

苗灵沫要拍照，祁子薇主拍，叶资和沈知律负责打灯，裴奇胜实在不想独自面对热恋中的小情侣，跟着上去提包，架势摆得和模特拍摄时尚大片一样足。

梁嘉词问："想拍吗？"

春舒摇头，拉紧身上宽大的海滩风衬衫，缩到双人吊床里。

她不喜欢拍照，不想相机里留下的全是自己一副娇弱病态样，也不想记录关于自己的生活。

高中去参赛，邱凯炜喜欢四处拍照留念，回去和爸妈介绍赛区的生活，总叫她一起，她拒绝入镜，他开玩笑地说她怎么总是一副对世间留恋不深的样子。

应该是吧，确实不深。

如果在十岁便得知可能在未来某一天会离开这个世界，她怎敢再和其他人、事、物建立太深的感情，会显得很多余。

"这处的海不输我在三亚看到的海。"梁嘉词双手枕在脑后，同春舒一起躺下。

春舒："很美吗？"

梁嘉词对着春舒有着无穷尽的分享欲，他拿出手机按照时间检索照片，很新，就去年拍的，一张一张滑动，介绍景点，更多说的是背后的趣事。

春舒听得入迷，不自觉抓住他的手腕，想要看得更清楚些。

梁嘉词担心自己话太密，春舒听得会烦："你呢，去过哪儿？"

春舒："我出省出国倒有，但没到景点玩。"

去景点开销贵,她不想给父母太大的经济压力,能省则省。

去濛城,就是遇到梁嘉词的那天,是她第一次大胆地独自外出,以游玩的心态。

梁嘉词没想到会得到这个回答,偏春舒神色自若,丝毫看不出多余的情绪。他泛起心疼,划拉着相册:"我去过可多地方了,给你看。"

春舒凑过去,安静地听他说在国外和省外的游玩经历,特别认真。

瞧见她的表情,梁嘉词收了手机:"看吧,也就这样,其实旅游超累,时间赶、行程紧,带了一身疲惫回家。"

春舒知道他是在安慰她,淡淡地笑:"嗯,也就这样。"

梁嘉词一直侧着头,离得很近,他能清楚地看到她唇角绽开的花儿,灯塔的光扫在海面上,远处的酒家灯火照来,似乎世界所有的光都打在她身上,闪着光的是她,或者说,她让他看到了世界多彩的光。

"春舒。"耳边传来一声呢喃。

春舒偏头。他温柔的唇贴上她的唇。

梁嘉词撑起身子,伏低向她,闭着眼,下巴抬了点儿,吻得愈加深。

春舒瞪大双眼,唇颤了一下,他的吻又深了点儿。

像他吻她脸颊那般,似温热的海风,轻轻柔柔,带着试探,引诱着她投入其中。

其他感官不停地放大，拍浪声、戏水声、调笑声、嬉闹声全和她的心跳声混到一起，拧成一条细细的绳，被他牵到手里，"咚咚——"扯动着她的情绪。

春舒垂下眼睫，看到他黑密的睫毛，他睁开眼轻轻地笑了，眸子里的暖意蔓延，席卷向她。

"再亲一会儿。"梁嘉词抓住极好的氛围，抬起双手，捧起她的脸，吻上。

春舒溺在他这片专属海域里，扬起头迎合他。

同他，下沉。

苗灵洙几人的声音渐近，他松开她，只是笑着，没说什么，从吊床上跳下来，走向他们，勾上沈知律的肩膀，问要吃些什么。

春舒愣愣地看着他的背影，不远处的祁子薇刚上岸，挥手叫道："小舒，过来，我们烧烤去！"

"来了！"春舒从吊床上下来，看到地上放着大上好几码的鞋，她记得自己是踩着沙过来的，并没有穿鞋，应该是梁嘉词穿来特地留给她的。

穿上后，春舒踩了踩，大码男士拖鞋比她穿的人字拖舒服。

吃完烧烤，玩乐队的几人来了兴致，但不是一起合演，而是轮流上台演唱，节目一下子有了五个，祁子薇极力为她和春舒争取到只观看不上场的权利。

一人一把吉他，随便唱什么，最"厉害"的是苗灵洙，一首歌没一个字在调上，但她并没有察觉到自己跑调，唱得最欢，并且认为自己的演出完美无缺。

大家笑成一团，难得见沈知律脸上有大表情，一直盯着台上搞怪的苗灵洙，眼里是宠溺的爱意。

春舒羡慕地来回看，视线碰上看着她这边的梁嘉词，躲闪开，捧起杯子喝了口，假装什么也没发生。

轮到梁嘉词，他选了首舒缓的情歌《我要你》，一直盯着春舒唱，一点儿缱绻的意境都没有，全是直白的示爱，唱到"默默把你想，我的情郎"，唱完前一句他顿了一下，含笑接着唱"我的情人"，氛围被炒到最高点，有人起哄，春舒全没了先前的不适应，大大方方地笑着。

天边的月，眼前的心上人，这样的夜能再久一点就好了。

春舒的暑假单调，父母要在学校补课，她在家照顾弟弟的生活起居，和梁嘉词的联系全在网上，像极了网恋。

持续了一个月，直到他入组，他们也没能见上一面。

梁嘉词在微博更新了他的入组日常，春舒看到一张图，保存好发到两人的私聊框。

春舒：这个是谁？演员吗？

照片上打了一个红色小圈。

梁嘉词：宝贝儿，你没注意到我熬大夜改剧本，却注意到角落里和导演聊剧本的主创人员？

春舒：你辛苦了。

梁嘉词：没有其他表示了？

春舒：多喝热水，注意身体。

梁嘉词：哈哈，谢谢你，我的宝贝儿。

可真会安慰人，理科女都这么钢铁直女吗？

厨房里，彭洁玉叫春舒来帮忙择菜。

春舒放下手机，开的是静音，错过了梁嘉词发来的视频通话邀请。

彭洁玉和春舒站在厨台前，聊了一会儿闲话，终于进入话题："小舒，爸爸妈妈还是不放心，明天不上班，我们带你去医院再查一次？好吗？"

母亲在学生眼里是严师，在家也是，对她和弟弟一向要求严苛，她参加竞赛也是母亲要求的，对她态度温和也是在她生病之后。

春舒把择干净的菜苗放到水里洗了洗："我挺好的，就上次不舒服，现在一直很好，如果我又不舒服我会说的，妈你多心了。"

"听妈妈的话。"彭洁玉语气沉了沉。

春舒眼神空洞，抗拒去医院，也抗拒一旦被确诊后的生活，侥幸地说："妈，我真的没事，你多心了。"

彭洁玉欲言又止，知道女儿怕家里开销大，劝不住她："我来吧，你去看看你弟弟，十分钟后开饭。"

春舒从厨房逃出来，回到房间，注意到梁嘉词的电话，给他回了过去，一连几个全是无人接听，估计在忙。

晚上睡前她又打了一个，还是无人接听，春舒没多想，在规定

.154.

好的时间放下手机睡了。

一次两次联系不上正常,剧组忙起来连轴转,而且信号又不好,可两天后还是没联系上梁嘉词,春舒有些担心,盯着手机出神。旁边的弟弟叫了她几次,她才放下手机。

"哪题?"春舒坐好。

弟弟:"我是问姐姐你想吃雪糕吗,不是问你题。"

春舒摸了摸他的脑袋:"写完再吃,乖。"

弟弟点头,继续拿起铅笔算题。

那天后,连续一周春舒都没有收到梁嘉词的信息,她以为紧张几天就会好,却一天比一天不安。犹豫许久,她给苗灵洙发消息,询问有没有和梁嘉词联系过。

苗灵洙:抱歉啊小舒,我这半个月都在熬夜搞案件,没和词哥联系过,我还把律哥冷落了。是出事了吗?

春舒:没,学姐你先忙,我也就是问问。

苗灵洙:好,如果有事你给我打电话。

春舒回了"好"。

连好友苗灵洙都不知道梁嘉词的行踪,春舒实在是不知道问谁了。她辗转难眠,枕边的手机忽然闪了闪,她飞快地拿起查看消息。

梁嘉词回了她前面的消息:不好意思啊,我那天本来想和你说一声再进山,没想到突然下了暴雨,基站出了问题,抢修了好几天,山里一点儿信号也没有,我也走不开。

春舒坐起来,把信息又读了一遍。

梁嘉词：我已经到家了。

春舒从床上坐起来，随意套上衣服。基于本能行动，等到反应过来时她已经上了出租车，站在梁嘉词家的单元楼下不知道该怎么办。春舒拿出手机，问：你还好吗？

梁嘉词这次回复超快：当然好，我没事，时间不早了，休息吧。

等到屏幕自动熄灭，再亮起，春舒看到时间显示 23:43。

春舒吐了一口浊气，心想她真的是疯了，做了十九年来从没做的事，深夜偷跑出门，打车跑千米外找人，却怕打扰他休息，站在门口不敢进去见他。

又站了十分钟，春舒整理好心情，转身回家，梁嘉词又发来消息。

梁嘉词：山里真没意思，再也不去了，在市里怎么也能悄悄去看你。

悄悄？

不见面的这段时间他经常悄悄到她家楼下？

春舒的心又乱了，拨通了梁嘉词的电话。

很快，梁嘉词接起。

知道此时她在家里得睡了，他压低声音说了句"是我"。

春舒抓紧衣角："梁嘉词……我在你家楼下。"

能见一面吗？

后面的话她正要说，被梁嘉词的笑声打断。

梁嘉词："春舒，我俩是不是心有灵犀？"

下一秒，单元楼内走出来一个高大的男人，简单的 T 恤长裤，清爽干净,如今晚的清风。

春舒停了一下,小跑上去抱紧他。

梁嘉词把她搂到怀里,低头笑说:"今晚我也想悄悄去见你,你却先来了,我终于把星星月亮盼来了?"

春舒心想,是她盼来了他。

春舒宿在了梁嘉词家里。

难得有机会独处,但他实在太困,搂着她没聊几句,头挨近她颈窝就睡着了。

坐了一小会儿,她想等他睡熟再动。梁嘉词又靠近了一点,鼻尖擦过她的脖侧,声音嘶哑:"睡醒了还想看到你,好不好?"

后面的"好"字咬得格外轻,挠着她的心尖。春舒点了点头,主动和他靠在一起,静静地看着飘窗的白纱飘动,静数着时间,她一点儿也不嫌长,心想慢点儿、再慢点儿就好了。

"舒舒,我好喜欢你啊。"梁嘉词也不知道是不是真的睡了,挨着她时不时蹭一下,说上几句温情话。

"我也喜欢你。"春舒无声笑着回。

她一定比他还要更喜欢,这样才不会有遗憾。

一大早掐准时间,春舒给母亲发去消息说自己出门晨练了,她只要在他们中午下班前回到家就好,弟弟那边不需要担心,他会自觉地给她打掩护。

梁嘉词恋恋不舍地把她送到小区门口,约好开学一块儿返校。

第七章
他是按响门铃的人

送你春花

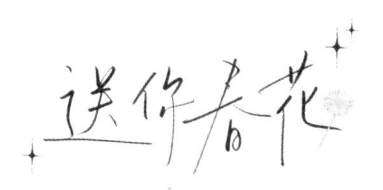

九月开学季,祁子薇和苗灵洙已经毕业了,沈知律在医院上班,叶资和裴奇胜不是在实验室做课题,就是飞到全国各地参加学术会议。

星暴乐队正式成为乐协的历史,已经有新的乐队加入乐协,未来可能会重启,但属于他们这一代"星暴"的一切已经过去,成了乐协辉煌的一页,永被记载。

而成员们也从普通的大学社团中收获了于他们生命更重要的东西,心灵的成长、毕了业也不会断掉的友谊。

春舒没有留任任何职务,在乐协任期一满便退出了,热闹的大学生活一下子冷清许多。

十月校运会举办三天,全校停课,春舒没有项目也没有工作安排,时间被梁嘉词占满,白天陪他去开组会,晚上陪他赶稿子,两人几乎形影不离。

白莓路过春舒身后,看到她正在外网搜论文,正是他们的项目课题,侃笑说:"师哥何德何能交到你这个学霸女友,写小说帮找材料,写论文帮找文献,我怎么就遇不到这样好的男友。"

"这是我应该做的。"春舒没忘她是梁嘉词助理的身份,他们待在一起的时间长,也是为了监督他不偷懒。

梁嘉词长腿一伸,椅子滑到春舒旁边,搂着她的肩膀说:"知道我家舒舒的好了吧,羡慕去吧。"

"师哥,少嘚瑟。"白莓说,"你赶紧忙吧,师姐这个月回江都了。"

梁嘉词收起吊儿郎当的样儿,认真地说:"趁着稚玥还没回来,我们先把任务分了吧。"

白莓可不敢,按照师姐那个火暴脾气,回来知道他们把任务分了,不得气得把办公室拆了。但她也不敢惹最年长的师哥,他脾气也不小。

白莓凑到梁嘉词旁边,叹气说:"师哥,都来了新人,你和师姐消停会儿吧。"

春舒听到他们的对话,感到好笑,算是切身体会到白莓是如何苦苦支撑整个师门的了,夹在中间难做人,向下要鼓励师弟师妹,向上要安抚师兄师姐。

没一会儿,稚玥到了,面色红润,挂着温和的笑,手里提着几份伴手礼,进门后分给他们,春舒也分到一份。

十月初,稚玥和年初交往的男友扯了证,进展速度飞快,惊到身边的人,大家以为她会再玩几年,没想到结婚这么早。

梁嘉词打开看,抽出一张贺卡,是新人的亲密合照,上面的男人就是漫展那天被稚玥带来的:"稚师妹,给我们家两份,是想要两份份子钱?"

稚玥最近如沐春风,说话温柔许多:"就不能是我看学妹合我眼缘,多送一份?"

梁嘉词:"这还差不多。"

两人是在开玩笑,早在上个月知道稚玥打算领证后,梁嘉词就给了一个大红包。

他把盒子里的软糖挑出来,放到春舒的盒子里,他知道她爱吃。

其他人都看着他们,一副"嗑到了"的样子。

春舒压着梁嘉词的手到桌子下,不好意思地说:"好了,你们准备开始了,我去隔壁休息室等你。"

"嗯,累的话就回宿舍休息,结束了我联系你。"梁嘉词摸了摸她的脑袋。

春舒在大家揶揄的眼神里头也不回地走了。

"收敛些啊,看乐子到我头上了?"梁嘉词笑着训了几句。

新来的师弟师妹只是笑,白莓也是。

稚玥胆子大,调侃说:"别说我们了,你谈个小学妹这么高调,我一年没上论坛,一上去就是关于你的帖子。"

"帖子?"梁嘉词最近没关注这些,爱看八卦的苗灵洙也被工作折磨得没时间分心逛论坛。

白莓咳了咳:"好了好了,到此为止,星星已经进入会议了,我们开组会吧。"

春舒在看舍友分享在群里的论坛帖子,一周前不知道是谁发的匿名帖,好奇最近和梁嘉词走得很近的女生是谁,偷拍的照片没拍到她的脸,讨论区倒是有提到她的名字。

△春舒吧?就是去年的省榜眼,贼牛。

△春舒啊,我记得是星暴乐队的助理,他们走在一起很正常吧。

△乐协今年更新了乐队名单,星暴乐队一半队员毕业,已经是历史乐队了,春舒也不是乐队助理了。

△对啊,你们谁和社团成员搂搂抱抱,没看到图里梁嘉词是环着春舒的?不得不说,这体型差很好嗑,反正我是嗑到了。

△春舒倒是听说过,但没什么印象,美女长这样?不会吧,他们怎么会认识,梁嘉词"延毕钉子户",你告诉我他对象是省榜眼,怎么看对眼的?难道是学霸美女帮我们梁少女辅导功课感情升温?不太可能。

△《恶作剧之吻》看过没,男女主不也是辅导功课这样那样后就在一起了。

△哈哈哈,楼上不要乱来,你们这个方向讨论下去,梁少女今天就成"梁湘琴"了。

△脑洞大开,上次《少女的祈祷》是给春舒唱的?

△肯定是了,她当时在下面。

△说句实话,我对象要是春舒这种学霸级别的人物,性子温和,长得好看,智性恋,谁能不心动?梁少女"恋爱脑"情有可原的,理解梁少女,成为梁少女!

△我觉得不是,梁嘉词不会看上春舒的。

△我也觉得,梁嘉词不可能喜欢脑子里只有数理化的女生,理解不了他的文艺,压根不同频。

△我觉得艺术系的系花可能性更大,他们更配!

△认同楼上!

…………

春舒佩服论坛上"人才们"的脑洞,对梁嘉词是不是真的和她交往这事儿褒贬不一。

退出论坛后,面对群里舍友的追问,她没法子,回了一趟宿舍。

在门口站了好一会儿,她才下定决心,和她们大概说了交往的事。没想到听完的舍友三人比她还激动,抱成一团,发誓一定会对外捍卫她的爱情。

春舒摆了摆手:"我们没特地聊过公开的事,正常相处就好了,你们就当普通小事好了。"

三人一同说了"好",内心还在澎湃,怎么可能是普通小事,对象可是梁嘉词。

临近饭点,邱凯炜发来消息,想邀请春舒吃晚餐。

春舒知道梁嘉词组会结束后肯定会去聚餐，主要是为了庆祝稚玥回归，看到邱凯炜发来的消息，她只犹豫了几秒，便应了约。

春舒和邱凯炜在图书馆门前碰面，一起去校外的小吃街，边走边聊："今天怎么想起约我？"

邱凯炜笑着说假期去了很多地方，想和她分享，春舒也乐意做倾听者，一路听着他说外面的趣事。

差不多到分开时，邱凯炜看了春舒好几次，才问："论坛上……是你吧？"

春舒知道他说的是哪个帖子，淡淡地"嗯"了一声。

邱凯炜蹙眉："舒舒，我知道我接下来的话可能比较难听，但我还是想说，我也没有恶意，只是觉得梁嘉词和我们不是一个世界的人，你和男生接触少，对感情懵懂，这些年不是比赛就是学习，他不一样，很会玩。"

春舒并不恼邱凯炜，在石凳上坐下："其实他和其他人没什么区别，他确实会玩，生活比我们丰富。"

邱凯炜和她一起坐下："你很喜欢他？"

问完他意识到自己好像问了很多余的话。

春舒笑了笑，一切尽在不言中。

"他呢？"邱凯炜问，"也喜欢你吗？"

春舒没有直接回答，回想了一些他们相处的细节，那些令她一次比一次更喜欢他的细节。

邱凯炜则以为自己问住了春舒，又说："你就没想过以后吗？

你们生活中是完全不一样的人，能走很远吗？"

春舒转头看向邱凯炜，眸光淡淡的，似乎没有注入太深的感情，也不会留恋。

春舒靠在凳子上，对面的树叶落了一地，不知不觉，秋天就来了。在这座四季不分明、暧昧如她和梁嘉词关系的城市，秋天总会悄悄降临，悄悄流逝，然后不知不觉身处冬季。

"我喜欢他。

"我没想过以后。

"不在乎能不能走很远。"

春舒一个一个问题地回答。

邱凯炜猜不透春舒："舒舒，我只是有些不开心，他们在论坛上议论你，不了解的人在污蔑你，所以我才觉得他对你不上心，想玩弄你的感情，没有像你喜欢他那样喜欢你。"

这几天邱凯炜一直盯着论坛看，迟迟不见任何反转，反而有些莫名其妙的人踩着春舒的荣誉嘲讽，他心里窝了一团火。

春舒笑了，她明白邱凯炜的担心，他们这类人大多数有事说事，不会藏太多心思。她唇角弧度浅浅的："千万要这样，我的喜欢一定要比他多。"

邱凯炜怕不是错觉，他怎么在春舒的表情里看到纠结和……释然？

"好了，时间不早了，回去吧。"春舒站起身，转身走回宿舍。

邱凯炜站在原地望着她的背影，不知何时，他们已经不同路了，他也看不清楚春舒究竟在走一条什么样的路，好似那条路上荒凉无人、孤寂凄惨……

春舒走在路上，手机消息一条接着一条地弹出来，她以为是梁嘉词结束聚会在找自己，解锁打开，宿舍群里三人催她去看论坛，她心想难道出事了？进入论坛点进帖子，误以为事情在往无法把控的方向走，却看到最新的一条评论被顶了上来。

LJC：是我追的春舒，有问题？

梁嘉词退出论坛，给春舒发消息，告知他这边准备结束了，约她晚点见面。

稚玥刷新页面，楼中楼的回复已经破百了，新楼的回复更多，她"嘶"了一声，用胳膊肘碰了碰梁嘉词："师哥，太明目张胆了吧……"

梁嘉词冷哼："是吗？那就好，我就怕有人看不懂。"

说完，他勾唇笑了下，慵懒地往沙发里一靠，塌着肩膀，很是悠哉。

坐在其他沙发上的师弟师妹默默刷手机"吃瓜"，不敢当面问。

稚玥和梁嘉词坐得近，问："真喜欢春舒？"

他们算是深交好友，对对方的情史一清二楚，她从不知道梁嘉词喜欢的是春舒这款，对此充满了好奇。

"真的啊，我哪儿不认真了？"梁嘉词疑惑，怎么每个人都问他这个问题,他长得很像渣男吗?不理解!

稚玥抱着手,靠坐好:"为什么啊?"

她不理解春舒哪一点触动到梁嘉词,并不是觉得春舒不好。相反,春舒性子很好,但循规蹈矩,和梁嘉词完全是两个极端。难道还真的像论坛里说的?"梁湘琴"是智性恋脑,所以才会对学霸"春直树"心生爱慕?

太扯了,编剧都不敢这样写。

梁嘉词很认真地思考着稚玥提的问题,唇角挂着淡淡的笑:"春舒的长相不是特别惊艳的那一款,但看久了,会被她身上独特的气质吸引。她读书很好,成绩很牛,性格温柔,像天边的彩虹一样绚烂多彩,很容易被她触动心弦。"

朴素的赞美词被梁嘉词说出来,再配上他此刻的表情,稚玥感受得到在他心里,春舒就是最最好的女孩。

稚玥:"你喜欢这一款啊。"

梁嘉词斜乜一眼:"我喜欢春舒,不是哪款的问题,她还有很多闪光点,并不是某款才有的。"

稚玥拿过果汁塞到他手里,笑说:"知道了,祝幸福啰。"

"借你吉言。"梁嘉词喜欢听这类祝福。

在梁嘉词心里,春舒的好是说不完的,他就是随口说一句今晚想见她,她就悄悄从宿舍溜出来,陪他一整晚,听他说一些无聊的奇思妙想,从不觉得厌烦。

今晚也是,梁嘉词快十一点半才联系春舒,只是发了一句"想见一面"，她就在宿舍门闸关上前下来见了他一面。

宿舍楼下，梁嘉词看着眼前少女蓬松的马尾微微凌乱，小小地喘着气，胸口起伏频繁，漂亮的锁骨起起伏伏，努力装成没事的样子，望着他问一句"怎么了"，他最后还是私心作祟，大手一勾把她抱到怀里，带回了家。

回到家里，梁嘉词嘴上说让春舒住客房，其实最后还是拉着她一起窝在客厅过夜。

他不着急做逾越的事，就享受着互相依偎的美好氛围。他特别喜欢让她坐在自己怀里，然后玩着她的长发，聊着没太大意义的事情。

春舒问了他论坛的事。

梁嘉词认下："我就是故意这样说的。"

不见春舒有其他表情，他试探地问："你不喜欢这样？"

"不是，只是觉得大家的评论有些扯淡。"

论坛的风向后来又变了一次，梁嘉词主动出来认领身份，春舒却迟迟不露面，别人猜测是不是他还没追上，春舒只喜欢和她一样的学霸，对他这类爱玩的公子哥不屑一顾。甚至不少人在开玩笑，说他是"梁湘琴"疯狂追爱，"春直树"爱答不理，梗都要被玩坏了。

春舒："他们这样说你，你不介意？"

梁嘉词笑："你是说起外号？"

春舒："嗯。"

梁嘉词坐在沙发里,跟没骨头一样,只要坐在春舒身边就得挨着她:"《恶作剧之吻》里有句台词怎么说来着?"

"什么?"春舒转头,和他对视。

梁嘉词用手比枪,朝着她在空中点了点,最后指腹贴到她的脸颊上:"承认吧,你也为我着迷。"

春舒被他故作轻快的语气逗笑,这句台词正是电视剧里女主感受到男主对她的喜欢时满心喜悦的喊话。

"没什么不好的,湘琴最后追到了直树,结婚生了孩子,白头到老,多好啊,这是对我们的祝福。"梁嘉词将下巴搭在春舒的肩头,"看了别提多开心。"

春舒在听到"白头到老"时笑容逐渐淡下来,随后回神,笑了笑:"嗯,我很为你着迷。"

她的笑淡雅,莫名地,表现出来的那份喜欢却很浓烈。

梁嘉词觉得自己肯定完了,他特别特别喜欢这种微妙的爱意浮现。

倏然,他想到那天闷热的下午,阳光荧荧如一簇火洒在地板上,室内空调温度舒适刚好,春舒在家里几个书柜间来回穿梭,手里拿着他写的阅读清单,像寻宝一样,一本一本挑选出来,杂乱地堆积在地上,高度差不多要到半腰。

作为标准的理科生,她也并不是每本书都能耐心读完,他就给她念,有时还停下来和她讨论剧情。

有天在念《第七天》,她窝在他怀里,抬头说:"与其叫《第七天》，不如叫《死了》，他不是还有一本书叫《活着》吗？"

梁嘉词想了想，是这个道理。

她好像很热衷于讨论关于死亡的话题，但不相信死后能有如此完美的七天去回顾人生，两人还一起假设过如果有最后的七天要干什么。

她也会指着某段情节问一些跳脱的问题，有一次她难得认真地指着某段，笑说："梁嘉词，好像你啊。"

他看着这段文字——

"我在情感上的愚钝就像是门窗紧闭的屋子，虽然爱情的脚步在屋前走过去又走过来，我也听到了，可是我觉得那是路过的脚步，那是走向别人的脚步。直到有一天，这个脚步停留在这里，然后门铃响了。"

梁嘉词不明白，什么叫像他。

他问为什么，书里的那个"我"是指他？

那天的春舒只是笑，不说话。

在很多年后的某天，他在一封书信里知道了答案。

像我爱你。

像逃往濛城破败又昏沉的午后。

梁嘉词，遇见你。

我的门铃响了。

这是春舒写给他的答案。

他是按响门铃的人，闯入她世界的，是他。

后来他再读这段文字，才觉得他是那个不解风情的理科男。

也才知道——

早在最初的开始，她已经在准备和他告别了。

第八章
不敢回应的爱

送你春花

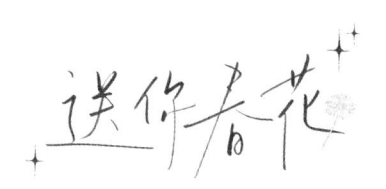

外婆在得知外孙和上次给她做灯笼的女孩在一起后,一直催着要见一面,正好碰上她生日,非要闹着一起过。

梁嘉词本打算和家里人给外婆庆生,然后其他时间和春舒过二人世界,但抵不过外婆的闹腾,只能把春舒带回家。

出发去接春舒前,梁嘉词走到院子里的玻璃房找到正在照看花花草草的外婆。

梁嘉词走进去,外婆察觉到,立马背过身子挡住小动作,偷偷摸摸的,就跟平时背着他们悄悄吃糖一样。

面对孩子气的外婆,梁嘉词无奈地说:"外婆,你不要偷偷准备红包,也不要准备贵重的礼物,这样下次舒舒不敢来了。"

被戳穿的外婆把红包塞到外套的口袋里,心虚地说:"我……哪里有啊,我没有啊。"

梁嘉词郑重其事:"外婆,我是认真的,舒舒还在念书,我们刚交往,你这样她会有压力的。我知道你是好意,但可以换个方式,让阿姨弄一桌好吃的,她也会很开心的。"

"真的?"外婆半信半疑,嘀咕着,"姑娘怎么会不喜欢被对象的家人重视?难道你小子没打算上心?"

梁嘉词喊冤,正因为上心他才纠结这些,想带她见家长,又怕成为她的负担,不见又担心她感受不到他的在意。

"她才大一,以后读研、读博、工作,要做的事很多,你给的在意和关心多过她目前个人能力和经济实力能承受的范围,多出的那部分会成为她的负担。"

他可不想春舒因为愧疚和他在一起,他和她是平等的,这是他目前能为她做的,也是他保护她的方式。

外婆:"你小子对小舒期待这么高?"

梁嘉词笑道:"当然,我们舒舒特别厉害,她可是省榜眼、学校的标兵学生,学习老厉害了,未来一定能干出一番事业,你就等着看吧!"

外婆也跟着笑了,以前出门逢人夸他,他总是一副避之不及的模样,轮到夸自个儿对象,他得意得像只招摇的化孔雀:"外婆知道了,等会儿我让阿姨多做些小舒喜欢吃的,按照你说的来。"

梁嘉词走出门前连连回身三次,都要念上一句"千万记得"。

等他开车出了别墅,外婆笑得不行,和旁边帮忙打理的阿姨说:"你瞧这个小子,宝贝得跟什么似的。"

阿姨笑回:"您老很快就能抱重孙了。"

外婆摆手,回想外孙刚才豪气地说自个儿对象多厉害,露出和蔼的笑:"重孙什么的先不说,他们小辈开心,我就满足了,过什么生活是他们的选择。"

阿姨:"您心态好,说得对!"

外婆美滋滋地拿起花洒,继续照顾玻璃房的嫩花嫩草,哼起小曲儿。

春舒坐在梁嘉词的车上不安地看了几次路况,对于去见他的家人,她完全没准备好,但又不好意思拒绝。外婆几次提出要见面感谢她的手工作业,而且准备了不少好吃的让梁嘉词带给她,作为晚辈当然要亲自见一面表达谢意。

梁嘉词敏锐地观察到春舒的情绪,她多数时候是恬静的,特别淡然,现在却整个人紧绷着,双唇紧抿。

"我爸妈一直很忙,我从小跟外婆长大,她是个特别开明的家长,不扫兴、爱捧场、喜欢新鲜事儿,是个潮老太。"梁嘉词用自然的语气和她聊起外婆。

春舒:"不扫兴?怎么说?"

梁嘉词:"我表哥表姐小时候来江都过寒假,正好是表姐的生日,表姐爱玩,要在家办派对,外婆主动报了几个节目,还提议玩年轻人喜欢的游戏,很会捧场。"

这对于春舒来说是有些难以想象的画面,她父母多数时候是严厉的,对她管理严格,要求在家里不能睡懒觉,要主动做家务,游戏时间也有限制。

当然,她能有今天的成就和荣誉也离不开他们的严苛。

因为生病,大学后父母对她稍微温和了些,但是基本规矩还是要遵守。弟弟就没这么幸运,现在过的是她以前的生活,要参加大大小小的比赛,努力去赚一面墙的荣誉。她本以为父母严肃是老师这份职业使然,后来知道别人家的父母对孩子多数时候是和蔼可亲的,她还大吃一惊,发现自己才是那个让别人吃一惊的存在。

她父母不可能会同意办派对,更不可能和年轻人打成一片,和她有着天然跨不过的距离感,但她也不会因此难过。他们对她不差,也很爱她,只是做不到面面俱到、事事满足。

去了梁嘉词家,正如他所说的,外婆是个特别会迎合年轻人的家长。他们一起切蛋糕,应要求录视频和拍照。小老太太拿出一个拍立得相机,玩起来比年轻人还拿手,一盒一盒相纸地拍,完全不心疼钱。

春舒第一次不再是欢乐家庭氛围的局外人,而是切身感受着。

也正因为有如此开朗的外婆在,梁嘉词有一个非常美好的童年,才会养成开朗的好性子。

临走前,春舒提着一盒外婆做的蛋糕和十多张新鲜出炉的合照,直到坐在车上才回过神。

不知不觉聚会结束了，难得地，她并不觉得煎熬。

梁嘉词看到她脸上的笑意，松了口气，看来这次的见面并没有给她造成负担，只是——

"当年是外婆追的外公啊？"

只是外婆会成为他们的话题，他严重怀疑外婆的地位是不是要在他之上了。

春舒对外婆的一切都感兴趣，等到车停在公寓停车场时还在聊。

"今晚留宿？"梁嘉词打断。

春舒："好啊！"

梁嘉词声明："但是不准再聊外婆的事！"

"知道了。"春舒笑了一声，她也就多问几句，并没有全是在聊外婆。

到家后，春舒洗完澡，梁嘉词替她吹干头发。春舒聊的话题还是关于外婆，他放下吹风机，从后面搂住她，窝进她的脖子，嗅着她身上的同款沐浴露香味。

"怎么了？"春舒抬手摸他脸颊，以为他不舒服。

梁嘉词说："我很开心你喜欢外婆，也开心外婆喜欢你。因为她是我最最重要的亲人，你也是我最最爱的人。"

春舒顿了一顿，实则每次听到他说认真的话，她总会这样——

恐慌、害怕，她觉得自己胆小极了。

明明很喜欢他，也感受到他的在意，但又害怕他在这段恋情中过于投入感情,而她可能给不了他想要的未来,辜负了他的深情。

音响里还在放着抒情的轻音乐,随机播放的一首,客厅没有主灯的设计让此刻的氛围刚刚好,昏暗中各种情感错杂交织。

春舒想到去濛城的路上看到的日落后的场景,他们的生活开始错轨,在颓靡的夕阳里迷恋上对方。

又忽然想到那天他念到的诗。

  日落总是令人不安,
  无论它是绚丽抑或是贫乏。

是啊,她就是那破败的落日,非要在黑暗到来前去爱一个人。

身负罪恶感的是她。

感受到他的吻落在脖子后,酥酥麻麻的,她不由得直起了腰背。

吻蔓延到她的耳垂,修长的手撩开她的衣角,握住她的腰。

春舒不动,默许了他越界的行为。

"梁嘉词,我会很喜欢很喜欢你。"

春舒就连在表白时,语气也是特别的淡。

而她越是淡然,其中浓烈的情感越令梁嘉词着迷。

梁嘉词把她的身子转过来,抚摸着她细嫩的脸庞,声音低低沉沉:"是吗?"

唇角、脖子、锁骨全是他温热的呼吸,频率同心跳脉搏一致。

他把情动表露在她面前,让她看到他最直白的喜欢。

她跨坐在他腿上，膝盖被沙发摩擦得不是很舒服，但她还是撑起身子捧住他的脸颊，笑着，用最温柔的声音说："会永远比你的喜欢多。"

——因为只有我的喜欢比你多，哪天我离开了，才不会对不起你的喜欢。

——或许这样，我才能赎完罪。

春舒一觉睡到中午，浑身酸痛，使不上太大力，倒在暖乎乎的被子里，露出半张脸，头发突然被揉了一把，听到男人笑说："中午了，先起来吃饭。"

"困。"春舒睁不开眼，"很困。"

随即没再听到声响，在她又要熟睡时，忽然被人连带被子抱起，吓得她从被子里伸出手，紧紧搂住梁嘉词："去哪儿？"

刚从梦中惊醒，记忆还没对接上。

梁嘉词先把她放到沙发上，扯开被子后，把她抱到洗漱间，让她坐在空旷的台面上，递过牙刷，笑着哄她："乖，吃完继续睡。"

终于醒了的春舒脸慢慢变红，不敢正眼看他，接过牙刷沉默刷牙。梁嘉词出去准备午餐，掐准时间回来给她拧毛巾，其间一直盯着她看。

"别看了。"春舒不自在地说。

梁嘉词故意把脸凑到她面前，不正经地说："看我女朋友怎么了？不让啊？"

春舒瞪他，几秒后被捏住下巴，他凑上来亲了又亲："好了，不欺负我家宝贝儿了。"

吃完午餐，春舒坐在沙发上看书，不知不觉又睡过去。等到再醒来，下午的日光透过百叶窗，光晕温柔倾洒，朦胧的日光里有尘埃粒子浮动。

脖子后落下一记湿热的吻，她回身。

"醒了？"梁嘉词把她往怀里摁，完全笼罩住。

春舒躲了一下："别留痕。"

梁嘉词把她抱到身上，摸了摸脑袋："陪我再睡会儿。"

春舒侧头看到茶几上的电脑，估计她睡着后，梁嘉词一直在忙着写毕业论文。

"梁嘉词，毕业后你有什么打算？"春舒问他。

梁嘉词闭着眼，声音懒洋洋的："稚玥有个项目想做，我和白莓陪她一起弄。"

春舒惊喜："你是打算把工作室运行起来？"

"嗯。"梁嘉词说，"稚玥和白莓都愿意入股，和她们共事挺好的。"

春舒淡笑："那你的电影梦不远了。"

梁嘉词捏住她的脸，晃了晃，勾唇笑说："怎么比我还开心？"

春舒想要坐起来，但是他另一只手扣着她的腰，她只能跨坐着，和他面对面。

"你能做自己想做的事，我当然为你开心啊。"她越说越小声。

她还在找舒适的坐姿，腰间大手的力度忽然重了。她随后明白怎么回事，慌忙要站起来，倒是便宜了他，顺势和她换了个位置。

她被严严实实地堵在沙发里。

"起来啊……"春舒挣扎。

梁嘉词身子伏低，笑说："谁让你乱动。"

进入十二月，下了一场雪后，江都终于冷得像冬天了。邱凯炜来教室等过春舒几次，终于碰上她独身一人，没有梁嘉词围着她打转。

一段时间没见，春舒比之前有了不少改变，脸上的笑容浓了些，或许是恋爱滋养人，她周身气质温和，眼波柔媚。

邱凯炜跑上去："舒舒，忙吗？不忙就一起吃午餐。"

春舒背好书包，走向他："不忙，可以的。"

走在路上，邱凯炜才问："今天不和梁学长一起吗？"

"他们最近和导师出去开会了。"春舒记起来还没回复梁嘉词的消息，拿出手机给他发去"午饭后再联系"，等那边回了"好"才收起手机。

邱凯炜一直默默看着，等她回完梁嘉词的消息，问道："舒舒，你毕业后有什么打算？"

春舒被问住："暂时没想好。"

准确来说，连下个月的计划她都没想好。

"不考研吗？还是你打算努力保研？"

春舒摇头："我没有想太远。"

两人又沉默地走了一段路，快到食堂门口，邱凯炜憋不住心事，走到春舒面前对她说："舒舒，你和梁学长在一起后太颓废了！我觉得你的能力不止于此，也希望你多努力积攒一些实习经验，不管以后考研还是工作都能比别人有优势。"

邱凯炜说这么一大段是因为真的看不下去春舒放弃擅长的数学后重心不在学习上，沉迷和梁嘉词四处玩乐，一点儿也不为以后考虑，一点儿也不像他所崇拜的那个春舒，所以今天才会特地跑来说这些话。

春舒怔住。

邱凯炜："春舒，你这么厉害，不要甘于平凡！"

这番喊话有些中二，他自己说完也不太好意思起来。

春舒终于明白了他的用意，说："我很满意最近的生活，这样过下去挺好的。"

邱凯炜不理解，只觉得她是因为恋爱昏了头。

春舒："我已经有打算了，谢谢你。"

作为好友，该说的邱凯炜已经说了，春舒的意见他只能选择尊重。

两人吃完午餐就散了。

春舒看着他的背影，良久才转身离开。

晚上，她收到梁嘉词的消息，不知道从哪儿得到的一张照片。

画面里她和邱凯炜肩并肩走着路，热络交谈。

梁嘉词：他是谁啊？

春舒：高中很好的朋友，我俩一起参加竞赛。

梁嘉词的回复有点酸溜溜的：是吗？你们关系这么好？参加竞赛的没有其他人了？

春舒：有，但是他和我的思考方式比较像，我俩聊题目几乎处在同一频道，讨论起来很舒服、很流畅，所以来往比较多。

梁嘉词：这样啊。

今天的梁嘉词说话语气奇奇怪怪的，但春舒并没有察觉出任何不对劲，以为对话到这儿就结束了，她准备继续复习。

良久。

梁嘉词又问：话说，你们在学术造诣上这么有共鸣，为什么不来电？

春舒：来电？我们来什么电？算一晚的题？

得到这个回复的梁嘉词笑出了声，旁边忙着写剧本的稚玥和白莓对望一眼，有点不明所以。

这哥又怎么了？

白莓作为师门的顶梁柱，先问："师哥，怎么了？剧情又有bug（缺陷）？"

梁嘉词："没有。"

确认不是工作上的问题，轮到稚玥出马："那你怎么笑成这样？令人怪不自在的。"

"你们不会懂的。"梁嘉词神气十足，懒懒地窝进皮椅里。

十个恋爱九个秀,梁嘉词还属于里面大秀特秀的存在,稚玥明白和谁有关了,问:"春舒说了什么?"

梁嘉词本就长得帅,这发自内心一笑,完全是阳光开朗的帅哥:"没有,就是觉得两个人青梅竹马、灵魂共鸣也不一定有好结果。"

丢下一句话,他继续忙活。

白莓不理解,挪着凳子过来问:"师姐,师哥在说什么啊?"

花了一个月掌握论坛全部消息的稚玥心里大概明白怎么回事,和苗灵洙聚会时她还听了不少梁嘉词追春舒时的趣事,说:"简单来说,'春直树'最喜欢的还是'梁湘琴',其他学霸级别的人物,她看不对眼,他们才是天生一对。"

白莓:……师哥还是要点儿脸吧。

十二月中旬,梁嘉词回到江都,春舒周末要回家照顾弟弟,两人抽不出时间见面。

约好周一吃午饭,当天下午梁嘉词就悄悄找到春舒家的小区。

春舒下楼接他,刚碰上面,他一把搂住她,抱了好一会儿才松手。

"不是说周一见吗?你不回家睡觉?"春舒帮梁嘉词把外套扣好,担心他太累免疫力下降染上风寒。

春舒看着他的帅脸,有点心疼。出门在外这几天太赶,他眼底都有淡淡的乌青了。

梁嘉词说:"先来见你,等会儿回家再睡。"

"吃了没?"春舒问。

梁嘉词："没，再抱会儿，回家我就吃。"

说完，他拉起外套把春舒圈到怀里，蹭着她耳郭，因为长途奔波，他的嗓子略微嘶哑，低声和她喃喃说："宝贝儿，我好想你啊。"

他一说软话，春舒推他的手改成带着安抚性地拍拍。

在冷风中站了五分钟，春舒实在不忍心，把他带回家了。梁嘉词立马从车的后备厢里拿出几盒礼品，不像是临时起意来找她，更像是蓄谋已久。

春舒把礼品按回去："我爸妈不在家。"

在家她也不敢带他回去啊，她可没这个胆。

梁嘉词："礼物还是要的。"

春舒："真的不需要，他们回来我还不好解释，你就当是来同学家玩好了，不需要带礼品。"

春舒用尽力气把梁嘉词拽走，不允许他拿礼品。

上楼时，春舒说："你倒是挺会拿捏我卖惨的。"

"生气了？"梁嘉词确实使了这么一点儿小手段，只想在今天能见上她一面。

春舒没接话。

他突然抓住她的手腕，因为在阶梯下面，他矮她一些，他微微弯腰，把她的手放在自己头发上，一副任由她宰割的模样。

春舒气笑了，狠狠地揉了一把他的头发，这模样好像一只大型金毛犬："有点儿，但也没什么好气的。"

他想见她才会这样，她又怎么会因此使小性子。

进到家时,两人已经和好如初。

坐在客厅写作业的小男孩站起来,叫了声"姐姐"后,直勾勾地打量着梁嘉词。春舒介绍是朋友后,他才又弱弱地喊了声"哥哥"。

春舒把梁嘉词推向沙发:"你去坐会儿,我给你弄点儿吃的。"

梁嘉词坐到男孩身边,含笑说:"你好。"

男孩看了他几眼,写了两个字后才说:"你好。"

接着没什么话聊,男孩写作业,梁嘉词处理完消息静等春舒。

"哥哥。"男孩坐正身子,和抬眸看来的梁嘉词对视上,"你是我姐姐的男朋友吧。"

梁嘉词看了眼厨房,笑了笑:"嗯,你很聪明。"

男孩:"我在阳台看到你们在楼下抱到一起。"

梁嘉词和春舒耍浑那会儿还没感到尴尬,这会儿倒是有些不自在,摸了摸发尾。

"你喜欢我姐姐?"

梁嘉词把漫不经心收了收:"很喜欢。"

男孩样子看着呆呆的,写的却是奥数题。

他不紧不慢地写下心算好的答案:"那你一定要对她好。"

梁嘉词对女友的弟弟多了不少好感:"我叫梁嘉词。"

因为对方年纪小,他就不详细说名字了。

男孩把最后的步骤算完,才回答:"我叫春笙,竹字头的笙。"

春舒正好从厨房出来,叫梁嘉词过去吃东西,春笙继续算题,很有自觉性,不需要大人时时刻刻盯着。

梁嘉词一面吃东西,和春舒聊天,说起客厅的春笙:"你们家取的名字都很特别,春舒,春笙。"

"特别?"春舒看了眼乖乖做题的弟弟,舌根泛苦,"他出生那年我生了一场大病,因为要救我,他才被爸妈生下。"

她一直挺愧对弟弟的,虽然爸妈取名是博好意,可在她听来,"春笙"听着倒像是为了春舒而降生的,这样对他不公平。

梁嘉词也知道为什么春舒身子薄得跟纸片一样,关心地问:"现在呢?好了没?"

"好了?"春舒看了眼柜子里装着检查单子和药品的箱子,是上周从医院拿回来的。

"但很有可能复发。

"我只是说可能,不说这些了。"

梁嘉词放在了心上,握住她的手:"不管怎么样,我陪着你。以后我们就规律作息,一定会健健康康的。"

春舒莞尔笑了笑,回握住梁嘉词的手,却不忍心地在心里道了声"对不起"。

气自己舍不得他的好又做不到坦白,更放不开他的手。

——对不起梁嘉词,允许我再贪心一点儿。

——我想再像这样陪陪你。

静谧的午后总是昏沉的,隔着一层窗帘,房间里透进姜暖色的光,春舒紧靠着墙,唇微张,频繁地喘,撩起的帘子一下一下浮动,光影如流动的斑纹打在脸上，琥珀色的瞳孔美得摄人心魄。

梁嘉词挑开她脸颊边的碎发，低身吻上，难舍难分。

绵长的吻怎么也难抵心中的挂念。

她喘得更频繁，如濒死般。

梁嘉词伸手压住窗帘，室内光线暗下，浮动在她脸上的光暗下，眼里的情愫越发明显。

她缩在他怀里，小声说："春笙还在外面。"

梁嘉词只是想亲她，没想在她房间里做些什么。

春舒鼻尖抵在他胸口，黑色卫衣带着他的温度，宽肩给予的安全感十足，她用脸轻贴，听着他的心跳数着拍，连带着她的心跳节奏同他一致。

喜欢是一瞬间的事。

她就活在这瞬间里。

这瞬间如细细密密的火山一同喷发，她消融于爱人的眼神中。

这天下午，梁嘉词抱着春舒靠在床头，一起看她私密的少女藏品。

春舒打开有年代感的铁盒，里面有日记、照片、小物品。她不让看日记，照片也不是很多，多数是她出去比赛获奖时拍的，她不知不觉说到去濛城的事。

"那是我第一次一个人出行，江都的春天太短，甚至还没察觉，就入了夏，我去稍远的城市不符合实际，就想着去看海。"

梁嘉词："那趟车去的是濛城啊？"

濛城是一座沿海的小城市，环境优美，空气清新。

"你不知道？"春舒惊奇地转头。

梁嘉词满不在意地说："我那段时间赶稿子，入睡困难，坐夜车倒是能安心睡上一会儿，就随手买了张票，以为去的是隔壁的小县城。"

"这样挺好的。"梁嘉词抱住她，"坐错了车，遇到了对的人。"

"好俗气，这句话好俗气。"春舒转身笑话他。

梁嘉词随她取笑，拿起被随手丢在床头的一本小语种书："你最近在学小语种？"

下面垫着的又是另外一门语言书，这就是传说中的学霸？随随便便就学上几门语言？

春舒："我随便看看。"

梁嘉词打开翻看，里面有不少笔记："让我看看，我家宝贝儿以后想去哪儿玩。"

"只是看看，不可能去玩的。"春舒早已认清现实，连去个濛城对她来说都无比艰难。

梁嘉词从书里抬头，问："舒舒，你有什么梦想？环游世界？"

春舒被问住了。

确实如此，她一直有个从未提及的梦想——想看到这世界更多更美的风景。

"啪"一声，书合上。

梁嘉词抢先说:"等毕业了,我带你去。咱们不着急工作,先环游世界玩上两年,把你想去的地方都走上一遍。"

他说这话时,眼里有光。

对可能命不久矣的人来说,和最爱的人畅想未来是残酷的,春舒心如刀割,计划越美好,她越是透不上气,鼻腔到喉咙,扯疼着。

在别人眼里,春舒学习好,梁嘉词怎么也比不上。

实则除了学习,她贫瘠如荒漠,见过万千风景的梁嘉词才是茂盛的绿洲。

春舒没说好不好,她无法做出承诺,自然地换了个话题,聊起别的事。

他们一起听了半小时的歌,梁嘉词靠在她肩膀上睡着了,春舒一动不动,生怕吵醒他,愣愣地坐了半小时。

枕边的手机忽然闪了闪,春舒转头看去。

亮的是梁嘉词的手机,和她交往后,他把微信提示改成显示具体内容,方便开会时能第一时间看到是她发的消息。

春舒不小心瞄到了信息内容。

稚玥:苏岐回来了,我在一个论坛会上看到了她,她还问起你了,看她的表情,你们没断干净?

春舒很难不多想,但也仅想到他们之间关系匪浅,至于其他想法全部不允许再有。

手机屏幕自动熄灭,她侧头看男人的睡颜,翻阅起手边的书籍。

一直到晚上五点半,赶在六点父母下班前,梁嘉词才从她家离开。

那天下午突来的消息,春舒并没有放在心上,再听说时,校园论坛已经有了"高楼",在首页飘红。

春舒刚从图书馆出来,赶着去参加学院安排的讲座,虽然是为了学分去的,但是她对谈及的自贸区经济内容挺感兴趣,选了第二排的位置,不近不远,靠近门口,散会能第一个先走。

路过的学生一眼注意到开会坐前排的春舒,随即想到论坛最近的热门话题,从她旁边过去,几乎都是交头接耳,余光瞟来不下三次。

春舒全当没看到,专心看小册子上写的出席专家介绍。

身边有人坐下。

春舒侧头,惊讶:"稚玥学姐?你怎么来了?"

稚玥打开折叠小桌,摊开笔记本:"最近在写剧本,有涉及这一块内容,我过来学习。"

入座一会儿后,稚玥注意到大家总在偷偷看过来,想到了论坛的事。

稚玥:"师哥和你说了论坛的事?"

春舒:"论坛的事啊,我没关注。"

她只知道大家在讨论什么,但对具体内容并不知道,三个舍友更是不提,都觉得晦气。

"不关注就对了,没什么好看的。"稚玥有些不屑地说,"几个无聊的人自己找乐子罢了。"

春舒也不想多聊这些事，问稚玥："听说你先生是特警？"

聊到对象，稚玥笑了，点头："现在还在濛城上班，我俩最多周末能见上面。"

"你们异地啊？后面什么打算？"春舒问。

稚玥："他错过了一次调任机会，今年省厅是不缺人了，得看看年底有没有其他机会，他会以婚姻原因申请调动，上头也给了答复，会看情况考虑。"

调职这事难说，而且是跨市，比其他的抽调都要难。

两人闲聊了会儿，会议主持人宣布准备开始后，她们就不说话了。途中谈及某些较为专业的名词，稚玥会问春舒，全程都很专注。

会议结束后，春舒回了宿舍，走到一半，梁嘉词发消息问她下周跨年能不能一起，苗灵洙他们攒了局。

自从苗灵洙几人毕业，春舒也觉得自己的大学生活冷清了许多，难得有机会热闹，当然要去。

回到宿舍，做完下节课的案例分析，春舒盯着电脑界面看了会儿，登录了学校的论坛，好奇风向怎样了。

《有谁还不知道省芭蕾舞团的首席美女是我们学校毕业的？》

1L：楼主落后了，早知道了，美女还去国外进修了三年，我们学院的人说苏学姐真人比照片漂亮。

2L：有幸看过苏学姐的毕业会演，真的很漂亮，眼睛无法从她身上挪开。

3L：果然年纪大有好处，我也看过苏学姐的毕业会演，也见证过苏学姐和梁少女当年甜死人的校园恋情。

4L：什么？两人曾经是一对？如果是这样也太配了。

5L：曾经是曾经，现在早就各自幸福了。

6L：我可不看好春舒和梁少女，玩玩而已，而且春舒和苏学姐完全不是一个档次。

7L：他们有没有可能再续前缘？这对CP真的很养眼！

8L：校园论坛戾气不要太重，三观也不要太歪，拒绝拉踩，拒绝雌竞，苏学姐和春舒学霸各有千秋。如果你们非要说玩，也是春舒学霸和梁少女玩玩吧，他已经在隔壁"高楼"帖子认下是他追的春舒，时至今日，春舒也没出面说过什么，说不定还没追到。

9L：可能苏学姐回来，梁少女就看不上春舒了。

10L：你们要捧苏岐也不要贬低春舒好不好，春舒长得不丑，还是省榜眼、专业第一、天才少女……这么多闪光点，你们为什么非要拿两个女生比出一个高低。

11L：劝你们别诋毁春舒，梁少女看到了反手一个举报，把你们投诉到学院领导那儿，他这人有脾气，做得出来的。

…………

大致看了前一百楼的评论，多数看热闹，各方面观点都有，难怪大家今天看到她，都忍不住要交头接耳讨论一番。

春舒关掉论坛，继续写作业。

第二天，春舒发烧了，体温高居不下，挺到下午上完课，她跑到外面的诊所吊水,住宿舍不方便,她就在旁边的旅店住下,一连三天,上完课就去吊水。

梁嘉词最近被编辑抓着改稿子,毕业论文也快要截稿,忙得不可开交。春舒不允许他过来找她,让他先忙课业,她也怕被发现生病的事,那他肯定要带她去医院做详细检查。

诊所里,春舒静静地看着点滴缓缓输入身体,毫无感觉。她对自己的身体情况再清楚不过,病发频繁,很难不察觉到异常,最不愿意面对的事还是发生了,但她不敢告诉父母,也不情愿住院,二次复发意味着生存率直线下降,她……不敢面对,也没有做好死亡的准备,所以选择了逃避。

跨年当天,也是元旦假期的第一天,春舒和爸妈借口要做实践作业要留校一天,一号晚上再回去。

梁嘉词下午来接她,春舒中午从图书馆出来,缩在棉大衣里,有些扛不住江都潮冷的寒气。

"舒舒!"

身后传来邱凯炜的声音,春舒停步。

邱凯炜小跑过来:"你怎么没回家?今晚也在学校的话,我们一起吃晚餐!"

春舒:"不好意思啊,我今晚和梁嘉词他们去聚餐。"

提到梁嘉词,邱凯炜缄默了会儿,问:"你们最近还好吗?"

"挺好的。"春舒笑说。

邱凯炜:"论坛的事……他没有别的表示?"

春舒："他最近忙，论坛的事我们都没放心上。"

"他怎么和你说苏岐的事？"邱凯炜比较关心这一点。

春舒口吻淡然："我没问，也不怎么好奇。"

邱凯炜沉默地陪着春舒走了一段路，男朋友和疑似前任的话题满天飞，正主却说不感兴趣，他真的看不透春舒的心思。

他叹气说："舒舒，我都有些看不懂你的喜欢是怎么样的，好像挺无所谓，你到底怎么想的？"

"我……"春舒自己也顿住了。

邱凯炜蹙眉："舒舒，我还挺想和你吵一架的，你比以前还打不起精神，看着就让人心堵，我真的不理解这一切怪异的行为。"

奈何春舒情绪太淡，他和她完全吵不起来。

"万一他们真的有点什么，你也有点儿警惕心。"邱凯炜说，"要是我女朋友是这样，闹这么大还没有任何动静，我会郁闷的。"

春舒："知道了，谢谢你，我会和梁嘉词好好聊的。"

邱凯炜："哎呀，我也不是挑拨离间，只是不把心里话说出来就难受。"

"我知道的。"春舒思考了一会儿，"邱凯炜，谢谢你，关于我的做法……我有自己的理由，希望有一天我有勇气和你说吧。"

话音才落，十米开外，穿着黑色长款羽绒服的梁嘉词出现。看到春舒，他笑了笑，没想到在这儿能偶遇她，注意到身边的人是传说中的竹马，他的表情又淡了些。

春舒和邱凯炜说了一句"先走了"，快步走向梁嘉词。

梁嘉词快步迎上她："别跑，慢些走。"

他接过她的书包，当着邱凯炜的面搂住春舒的肩膀，将其拥入怀中。

几天不见，怎么感觉她瘦了不少，下巴尖了，脸色又白了，他看着就心疼。

眼看着两人要走远，邱凯炜叫道："舒舒！我等你下次找我！"

春舒回身看了一眼，笑着回了"好"。

拐弯进岔路口，梁嘉词脸色不豫地问："他叫你舒舒？"

"嗯，他一直这样叫我。"春舒看他，"怎么了？"

梁嘉词心里酸："我还以为只有我叫你舒舒，怎么别人也叫。"

春舒："一个称呼而已。"

梁嘉词故意说："是啊，一个称呼而已，我在你这儿也没多特殊吧。"

春舒小心翼翼地观察他的表情："真生气了？"

"没有。"梁嘉词笑了，"唬你的，我还能叫你老婆，他能吗？我年纪不是白长的，不会钻牛角尖。"

春舒笑着推他一下。

梁嘉词看着她白净的脸颊，没多想就说了："别人叫你舒舒，我心里听着不大痛快，怎么别人和我的绯闻满天飞，也不见你有点儿表示。"

牢骚的一句话令春舒想到邱凯炜说的"如果闹这么大，女朋友还没有任何动静，会郁闷"的话，原来梁嘉词也会有这样的想法。

她陷入思考，不言不语。

"走了走了，灵沫他们在等我们。"梁嘉词瞥了一眼她的表情，担心两人会吵起来，转移话题。

等走到停车场，春舒才说："我觉得你们没有什么，你也不是那样的人。"

如果真的有什么……

她悲观地想过，如果她真的挺不过这次，那她希望他能幸福，找到值得相守一辈子的人。

梁嘉词和她对视近一分钟，心里是不爽的，他压下脾气，牵着她继续往前走。

整个晚餐，梁嘉词虽然和春舒坐在一起，但没以前那般亲昵，面上没有吵架，但是春舒那些话令他心里不痛快。

凌晨江边有烟火晚会，几人驾车前往，春舒上的是另外一辆车。抵达时，江边人多，他们几人不好并排走一起，只好两三人一起走，隔着一小段距离。

春舒透不过气，不想再往前挤，故意落后，站在稍微外围的地方。

对面大楼有LED显示屏放着倒计时，新的一年就要来了，大家跟着激动地倒数，一声大过一声。

念到"七"时，春舒的手突然被握住，她抬头撞入梁嘉词深邃冷沉的双眸里，他浑身带着倦意，冷峻不羁。

倒数还在继续。

——"六！"

人群中，他们的手变成十指相扣。

——"五！"

他低声说："下次不准再这样，一点儿也不在乎的样子。"

——"四！"

"我会害怕你是真的不喜欢我。"

——"三！"

"春舒，我可是你的人。"

——"二！"

"就再多喜欢我一点儿吧。"

——"一！"

春舒看到他黑色眸子里倒映着烟花闪动的光，接着才听到天边烟花炸开的声响。

他俯低，在她耳边说："春舒，新年快乐！"

声声烟花盖住了所有的声音，喧闹中的寂静只能听到心声。

这些天，她压抑着情绪，最终在烟花绚烂绽放的这一刻，还是低下头悄悄抹了泪。

——我怎么会不喜欢你，明明喜欢到无可救药。

——可，我不敢回应了。

第九章

"舒舒,我不会放手的。"

送你春花

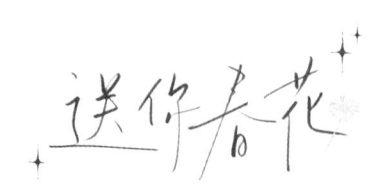

春舒借口先回了家,梁嘉词把她送到小区门口。

下车前,他把一个袋子递给春舒,是他中途停车去便利店买的:"听稚玥说你前几天感冒了,里面是暖宝宝,还有一些零食,你一定一定要注意身体。"

自从上次知道她小时候生过大病,梁嘉词一听她有点不舒服都紧张得不行。

感冒是春舒扯谎的,周边的人都知道她去了几趟门诊,所以她才乱找托词。

春舒接过:"下次不要买了,我不怎么吃零食。"

梁嘉词:"知道了。"

话是这样说,他肯定不会照做。

他跟着一起下车,站在车门前目送她进去。

春舒往前走,知道有一道目光一直落在她身上,她提着袋子的手微微发颤,鼻子又变得酸酸的。

——不能回头。

她心说,一定不可以,察觉到她的失态,他会担心的。

进到小区大门,春舒还是无法抑制心底深处的情感,转身跑向梁嘉词,扑到他怀里,紧紧地搂住。

梁嘉词错愕几秒,笑着搂住她:"怎么了?"

前几天他忙工作和学业,春舒不允许他乱跑,盯着他按时完成所有任务,视频电话也没打。今晚他们也没怎么交流,互动更少,看完烟花她心事重重的,静坐在KTV角落,聊天的兴致也不高,他以为她困了,不忍心多说话烦她。她说今晚要回家住,一路上他都后悔和她怄气,现在她主动抱他,还是走出去一段距离折返回来,他心里别提多开心。

春舒:"就想抱抱你。"

要不然就没有机会了。

梁嘉词拉开大衣把她拥进去,不让寒风吹到她,沉下嗓音,温柔地说:"那就抱一会儿。"

她还想对他多说一些话,温情的话,贴己的话。

可她都要离开了,多说,只会给他以后带来烦扰。

抱了多久春舒不知道,后来下了小雪,是她先松开了手,梁嘉词恋恋不舍地又抱了会儿，还是她从怀里主动退出来才结束了这个漫长的拥抱。

回到家两小时后，宿舍群突然热闹起来，舍友们在群里七嘴八舌地讨论帖子的事。

小七：牛啊，我们的梁少女，把楼里说小舒的人全部怼了一遍。

巧妹：哈哈哈，不愧是编剧专业出身的，怼人话术都没有重复的，一个脏字也没有，骂人都像在搞艺术。

大菁：你们看！这段宣告好"苏"好"苏"啊！梁学长是真的喜欢惨我们小舒了。

大菁：[图片]

截图是梁嘉词怼完人的"总结发言"。

LJC：春舒是你们一个字也玷污不了的人，上面骂人的话我全部截图保存证据，删了也没用，等学院找你们吧。

这段话发出的三分钟前，梁嘉词才跟她说了"晚安"，还发了一个软萌的 Loopy 表情包。

春舒心里苦笑，放下手机却彻夜未眠，悄悄哭了许久。

天际冒出第一缕晨光，薄薄的晨雾折射着天光，她站在窗前失神地看着人世间，恍然明白——

她不是怕死亡，是怕再也见不到他。

门外，父亲敲门轻声问她是不是昨晚回来了，她才把心情整理好，藏住会让身边人担心的伤心，又变回那个对一切都淡然处之的春舒。

今年二月底才过除夕，元旦结束后一个月就是期末考试。这次梁嘉词也想和上学期一样陪考，但毕业论文事多，他最多能和春舒打个电话，约好放假去他那儿住上一周，不准马上回家，给他这个正牌男友匀些时间。春舒没说好不好，只是笑着安抚他好好忙工作。

不过春舒倒是常见稚玥，她最近常来经济学院蹭课学习，后来干脆和春舒一起上下课。

课间，稚玥拿出一盒濛城小吃和春舒分享。

春舒装作闲聊问："梁嘉词以前和苏岐关系很好？"

稚玥点头，又摇头："她以前也是星暴乐队的，和他们五个关系都不错，我也不知道为什么外面总传他们俩好，明明师哥和灵洙走得更近。"

"她喜欢梁嘉词？"春舒不是很适应这样的话题，有几分不好意思。

稚玥："嗯，应该是大四告白的，梁嘉词没多说什么，你也知道他这个人，不会乱在背后说其他人的闲话。接着苏岐就出国了。"

"苏岐还喜欢他？"春舒问。

稚玥盯着春舒看，笑着说："春舒你怎么回事，突然问这些？"

主要是春舒的语气太奇怪了，压根不像是女友好奇男友曾经的感情，反而有种在替梁嘉词考虑以后的感觉。太奇怪了……

上课铃声响起，春舒略过话题，后来也没再问，稚玥敏锐，春舒生怕她察觉出什么。

放假前一天,梁嘉词给春舒打来电话,他假期要去剧组,在山里,估计过年回不来了。

春舒站在宿舍外的长廊,靠着围栏,听梁嘉词说不愿意去的原因:"过年都见不到你,工作有什么意思?不去了。"

"去吧,是一个挺难得的机会,稚玥学姐和白莓学姐都去了,你作为师哥不去也不好。"春舒耐心地劝他。

梁嘉词不乐意:"我想过年见你。"

春舒:"过年我还要回老家,见不上的,你先忙工作。"

梁嘉词停顿许久,不情愿地"嗯"了一声,听了她的劝,主动给导师回消息。

梁嘉词没太多时间陪她,特地和身边的朋友打了招呼,让他们多多照顾她。稚玥来找她玩的次数最多,因为一个人住在江都,时常和她回家看电影聊天。

其次是苗灵洙和沈知律,春舒有种当了电灯泡的感觉。

某天晚上,苗灵洙难得不加班,约春舒去家里吃饭,沈知律亲自下厨。

春舒看着厨房里沈知律忙碌的背影,羡慕地说:"律哥对你真好。"

苗灵洙塞了一口哈密瓜,点头:"我也觉得,所以我打算明年和他扯证。"

"这么快?"春舒诧异。

苗灵洙:"也不快了,我本科就和他在一起了,只是扯证,婚

.204.

礼会晚点儿办,到时候你和紫薇来给我当伴娘!怎么样?"

"我吗?"春舒不确定地又问,"可以吗?"

"嗯!必须可以!"苗灵洙早把春舒当成自己的朋友,并不仅仅当她是梁嘉词的女朋友。

春舒:"好啊。"

希望那时候她已经好了。

苗灵洙开心地扭了下身子,叉起一块水果递给春舒,冲着厨房喊:"哥,好了没?我和小舒都饿了。"

沈知律沉稳的声音传来:"快了,你来摆碗筷。"

"好的!你的小苗马上到。"苗灵洙穿上鞋子跑进厨房。

厨房里,沈知律刚熄火,舀了一小勺汤,吹冷后递到苗灵洙面前,让她帮忙尝尝味道,苗灵洙认真地点评。

在医院忙碌的沈医生回到家会给未婚妻下厨,花时间陪伴她。在律所忙碌的苗律师也会特地空出时间陪着未婚夫。

最完美的双向奔赴。

看着两人甜蜜的互动,窥到他们幸福的春舒有些恍惚。

这样的幸福可能这辈子都不会和她有关系了。

考完试第二天,春舒离开学校前,特地约了邱凯炜出门。

邱凯炜以为是逛街吃饭,兴冲冲地赴约,看到最后目的地是医院,整个人傻眼了。

"舒舒,你不舒服吗?"邱凯炜紧张地问,拉着春舒看了好一会儿,"哪儿不舒服?严重吗?"

春舒拉下他的手,继续往里走:"你不是一直想知道我为什么突然转变态度?"

邱凯炜早已不去计较这些了,跟上问:"是身体不舒服吗?"

春舒走的是楼梯,一面往上走,一面说:"我在十岁那年确诊白血病,配型成功后痊愈,前后治疗花了差不多四年时间。"

邱凯炜是在初中认识的春舒,对她的第一印象就是骨瘦如柴,本就宽松的校服穿在她身上更显得宽松,像一根衣架苦苦支起床单,皮肤呈病态的白,精神气不足,沉默少言。他以为她本性就是如此,没想到那是她大病初愈。

往后她的精神状态确实好了不少,但她的性子一直是那样,对一切总是淡然的。如果他是春舒,在十岁那年生了场这么严重的病,表现恐怕都不及她的十分之一。

"现在好了,不是吗?"邱凯炜忽然有种不好的预感,语速飞快地宽慰她,"好了就行,以前是我误解了你,以后不会了。"

春舒停下脚步,转身看着跟在身后的邱凯炜,第一次对其他人坦白情况,嗓子涩疼:"复发了。"

医院的楼道是倾听最多祈祷的地方,也是倾听最多人世间痛苦的地方。不知道是几楼,一个女生正在哭着打电话给哥哥,断断续续说着母亲糟糕的情况;楼下一对夫妻因为医药费在争吵……

他们平静地对视,周遭全是嘈杂喧闹,全是人性在上演。

"复发多在一两年后,我以为熬过来了。"春舒转身,继续往上走,"我定期复查、健康作息,把我能做的都做了。五年后复发概率不超过5%,我却还是不幸地成为这5%。"

邱凯炜不知道怎么安慰春舒,走上前说:"舒舒,我们坐电梯吧,太剧烈的运动对身体不好。"

春舒看着他片刻,应了"好"。

坐在医院大堂的凳子上,邱凯炜问:"你爸妈知道吗?"

春舒:"我今晚会和他们说。"

邱凯炜:"梁嘉词呢?"

春舒这次沉默的时间变长:"我不敢说……不知道我还能不能好起来,我不想让他失望。"

邱凯炜终于理解为什么春舒放弃了保送到江都大学数学系的机会,进入大学后也不再选择和数学有关的专业,坚持去尝试未了解的新鲜事,或许她早有预感,想让最后的时光更丰富些。他曾恼她是个半途而废的懦夫,现在看来他才是那个无知的懦夫。春舒能坦然面对或将结束的生命,能在最后的日子努力尝试不一样的生活,心理素质多么强大啊……

他也理解为什么她从不聊未来,不是和梁嘉词交往后得过且过,而是因为她喜欢上一个人,变得怯懦了,开始不敢去看未来。

春舒站起来,轻轻地笑了:"谢谢你听我说这些,我已经想好了,会好好配合治疗,在好起来之前我不想告诉梁嘉词。"

她曾在病榻上看父母焦灼,一次又一次陷入绝望,不想梁嘉词也变成这样,她希望他可以开开心心地生活。

邱凯炜看着春舒独自离开的背影。

她是强大的，看着又不是那么强大，周身的色彩是复杂的。

他心想，她一定会好起来的。会的。

春舒正式住院，还是没忍心告诉父母，自己先住了进来。这半年她存了一笔钱，还有奖学金，应该能够支付一段时间的医疗费。

大年十五，在母亲的逼问下，她才坦白。最不愿意看到的场面出现了——母亲哭了一整夜，父亲两鬓不知道什么时候全白了，弟弟无助地缩在角落，低着头啜泣。

春舒心想，她真的是个罪人。出生后没给父母带来什么，一直让他们为她忧心，更是给不了他们要的幸福。弟弟救过她，她却没有做一个好姐姐回报他。

那天后，母亲和父亲轮流给她陪床，春舒的精神状态还算好，不愿意他们在医院浪费太多时间，让他们各自忙去，她自己一个人也可以。

也定好由春笙给她配型，但还需要检查，各方面符合才能继续手术，目前的结果还不算太糟糕。

梁嘉词每天都会来电话，住院后她没有再和他视频，情况不佳时会挂掉电话，怕被看出端倪。

开学后，她办了休学，只有辅导员知道实际情况，舍友来问也只说家里有事要暂时休息一段时间。

梁嘉词从剧组回来，春舒拜托邱凯炜帮忙，撒谎说她跟他们项目组出去做交流学习。

每一次的谎言都很拙劣,梁嘉词恐怕早已看出,在她又一次含糊返程时间时,他冷声说:"春舒你是不是遇到事了?可以和我说。"

春舒不答话。

梁嘉词:"一次次把我往外推又是什么意思?"

春舒沉默,答不出一句话。

"你故意这样做是想要和我分手对吗?"梁嘉词发怒问完这句话,自己也愣住了,不小心问了心底最恐惧最害怕发生的事,他不敢再出声。

春舒低着头,许久才说:"是。"

梁嘉词愤怒地把电话挂断。

"嘟嘟"的挂断声听得人头疼,春舒懊恼,消毒水的味道刺痛到心里,她觉得他们不该这样收场,也后悔和梁嘉词起争执。苦恼几天后,她正想给他打个电话解释,奈何住院后状态一直不错,那几天却突然严重出血,还把隔壁病床的姐姐吓到了。

好几次春笙看着经常走神的春舒欲言又止,最后还是什么也没说,静静地在她旁边写作业,陪着她。

等她再缓过来,已经三月底了。

不知不觉到了四月,一整个春天她都困在病房里,连阳光都是陌生的,还在等待命运的最终审判。

一天晚上,她接到了一个陌生来电,接通后对方一直没说话,春舒听到微颤的呼吸声,好像知道是谁,害怕他开口,便挂了电话。

夜晚的住院楼,万籁俱寂,时钟沉默地转动,她的情绪崩溃到极点,躲在楼道里哭了。

她连一句"对不起"都说不出口,崩溃的情绪令她几近窒息。

春舒的身体恢复如常,如果不是在医院,她已经感受不到自己生病了。春笙每天下课都会到医院陪她,放下书包就开始写作业,偶尔问她几个难解的数学问题。某天他突然拿来一个手持录像机,用得不是很娴熟,较真地要拍好。春舒问哪儿来的,他闪烁其词,走前才说是爸爸妈妈特意买的,因为最近喜欢上了摄影。理由给得很蹩脚,父母不喜欢他们发展其他的兴趣爱好,更乐意他们去参加一切和学习有关的兴趣班。春舒不知道该如何拆穿,后来再想,当时是不愿意拆穿。

某天,三位舍友突然来探病,她们偶然从辅导员那儿知道她生病了,几次向邱凯炜打听得知她所在的医院,立马就赶过来了。

明明是来探病,三人提着水果篮子站在病床边,像极了来认错。春舒笑着招待她们,在医院待得闷,她倒是希望她们能来。

小七在看到春舒的第一眼便哭了,她本来就瘦,受病痛折磨了一个月,都快脱相了。春舒倒觉得还好,十年前第一次病倒时,那才真的是可怕,好像只有一把骨头。

接着三人常来看她,有时候一起,有时候轮流,她们总怕她闷到,每次来都带了不少好东西。春舒拜托她们帮忙从图书馆借书,闲时就看书打发时间,书单是梁嘉词曾经给她列的。

她偶尔也会想梁嘉词,不能说是偶尔吧,是一直想着。有这么几次难以抑制心中的思念,她就纵容自己多想一会儿。

就一会儿。

因为春笙的身体状态不达标,配型的事情只能延后。得知结果那天,春笙抱着母亲哭了好久,一直在不停地说对不起姐姐。

他从没对不起过她,反而是她对不起他。父母给予了她生命,春笙也一样,他的到来让她多活了十年。他被迫背负拯救她的使命降生,哪儿还有对不起她的地方。

为了不让家人担心,得知结果后,春舒选择继续化疗。春笙让她等等他,不需要太久,他一定会把身体养好。后来春舒很少能在病房看到春笙,向父母问起,都说他学习完就去运动了。

聊着没一会儿,窗外下起淅淅沥沥的小雨,潮湿闷热感越来越重,初夏悄无声息地到了。

春舒侧头看去,心想着别人还在为她的命运抗争,她没有理由不坚持,就当是让家人好受一些,她也要坚持到最后。

小七把新拿到的课本带给春舒,她闲暇时会在网上找课自学,不想因为住院耽误学习。这次结束后,恐怕又要负债累累。如果能按时毕业,她还可以快一些赚钱,减轻父母的负担。

听完她的考虑,小七在削苹果,不解地问:"为什么不发起水滴筹?可以减轻一些负担。"

春舒翻开下一页,注意力从书本挪开:"我父母不会同意的,他们是老师，有一份工作能赚钱。有些家庭比我们更困难，比我们更需要大家的支持，所以他们愿意干一辈子去还钱，也不想靠募捐。我也一样。"

春舒也不愿意，虽是大家的善举，她也会有负担，而且不是真的走到了绝境，他们还能靠双手赚取薪水。

"如果有需要，一定要和我们说。"小七打心底佩服春舒一家。

春舒笑着说"好"。

一周后，春舒的身体逐渐好转，活动范围扩大，回了两次家，其余时间还是在医院较多。父母又变回以前，对她严苛，几次小七她们想带她到附近的商城走动，全部被禁止，让她在医院好好休养，不允许出现一点小差池。

隔壁病床是个年长春舒十岁的姐姐，叫卢姣。

好友和父母常来看春舒，也是在探视时间，多数时候是她和姐姐两人待在一起，一来二去便熟悉了。

来探视卢姣最多的是她丈夫，一个朴素的中年男人，总是带着笑。他们的孩子偶尔会来，每次来就会坐在床头黏着妈妈，每当一家三口聚在一起，春舒便会借口出门散步，特地让出空间。

这一幕，太令她心生向往了，她像个窥见别人幸福的小丑，这是不对的，春舒是这样告诉自己的。

不过住院也没有一帆风顺，春舒也会和父母吵架，多是因为被管得太严格，她脸上的血色也是这样吵架憋红的。她意识到不对后立马住口，心想不可以再伤爸爸妈妈的心了，他们为了她已经很不容易了。因此，她出门的时间变得很少，总是闷在病房里看书，看完就二刷。

邱凯炜也常来看她，聊的还是老话题，但春舒已经跟不上了，就听他说一些实验室里的趣事，不能说的项目就保密，她还是挺喜欢听的。

邱凯炜也是唯一一个敢在她面前谈起梁嘉词的人。

可能在他心里，春舒并不是脆弱易碎的人，所以没有像其他人那样顾虑这个顾虑那个。

隔壁病床一家三口在聊天，孩子的奶音给死寂的病房带了些生气。

邱凯炜拉起帘子隔开，坐在床边给她削苹果，好像所有来探视她的人都喜欢带苹果，削上一个，把第一片给她，再说一句"平平安安"。

邱凯炜观察着春舒的表情问："你真的和他分手了？"

春舒淡然地"嗯"了一声，好像聊的是很久之前早已不放心上的人。

"他知道你生病了？"邱凯炜努力想要透过春舒的表情看清她真实的情绪。

春舒："知道吧……"

邱凯炜递上第一片苹果，也说了一句"平平安安"，春舒咬上一口，说了一声"谢谢"。

"你没有当面和他说？"邱凯炜迟疑几秒，猜到他们闹得不愉快。

春舒放下手,袖子往上翻了一些,露出她瘦瘦的手腕,骨头凸起明显,谁看了心都会被狠狠一扯。她说:"没有,我本来想瞒着,等好转了再说。事与愿违,病情突然恶化,接着是配型的事落空,我……不敢说了。"

母亲已经被打击得哭得嗓子发哑,她怎么还忍心告知梁嘉词。

邱凯炜沉默。

春舒倒是挺开心的,好像一直在等人和她聊起梁嘉词,她说起前不久的事:"有一天晚上接到了一个陌生电话,我知道是他,我们沉默了好久好久……我不敢猜他为什么来电,害怕听到他的声音,我就把电话挂了。"

这段话她说得很慢,说几个字要停顿一会儿,等藏好随时会崩掉的情绪后才往下说。

邱凯炜拿起第二个苹果,低下头削,动作放缓,继续听着春舒说,说出来也好受一些。

"算了,不说了。"春舒淡淡一笑。

再说下去,她会更想他的。

邱凯炜走后,卢妗开玩笑地问她:"是你男友吗?见他来看了你好几次。"

"不是的,是我朋友。"春舒说,"挺难得的朋友。"

邱凯炜庆幸孤独的成长路上有一个春舒相伴,她也一样,做天才的那段时光有他在不会太孤单。

卢姣:"小伙子不错,不考虑一下?"

春舒摆了摆手:"他比较喜欢科研。"

卢姣笑了,说他们年轻人挺有个性的。

晚上,父母因为要上晚自习过不来,春笙背着书包来写作业,小七和巧妹来探望,发现她父母不在,忍不住问她要不要出门走走,隔壁商城在搞活动,挺热闹的。

春舒不喜欢太拥挤的人群,但人病久了,现在别说商城,人海她都愿意去看。她换了身衣服跟着出门,春笙默契地给她放风。

许久不曾出门,春舒开心地走走停停,不知疲倦。

三人坐在商城外的长凳上,看着街景,聊一些趣事。

小七挨着春舒说:"小舒,你不在我们过得可艰难了,老师布置的作业越来越难,我都要自闭了。"

巧妹的表情和小七同步:"期末考差点挂科,计量经济学我实在看不懂,看不懂。"

春舒看过课本:"下次你们过来一起学吧,课本的内容我勉强能看懂。"

学霸就是学霸,自学也能成才,小七和巧妹搂着她连连道谢,请她去抓娃娃。抓起来的全被她们瓜分,春舒可不敢拿回病房,父母看到少不了一顿念叨。

三人玩到地铁快停运,两人要赶地铁,春舒不让她们送自己回医院,几百米距离,她自己走也可以,两人反复交代她到了记得给她们发消息后才离开。

难得一个人在外清静，春舒拉紧身上的开衫，漫步回医院。

路口，春舒遇到了梁嘉词。

隔着十米的距离，中间路人来回穿梭，他们只是远远地对望了一眼。

他穿着黑色冲锋衣，阴郁冷沉。

春舒的第一反应是，幸好她没穿着病号服。幸好。

她不敢多看，转身往相反的方向离开。

梁嘉词早就注意到春舒，准确说是春舒终于注意到他，看着她的背影融入人海。因为她的举动，他神情凝重，把手里的烟丢到垃圾桶里。

春舒往前走，心止不住地发颤，她觉得不应该，他们不应该再遇见，她已经用尽所有的力气去忘记，刻意到身边的人不敢提及他，刻意到身边的人快要不记得他们曾在一起，而再见到他，一切溃不成军。

她的步伐越来越慢，最后停了下来，她抵不过心底的挂念，防线崩塌，回了身。

梁嘉词一直跟在她身后三米外，意外她会回头。

她也意外，他就跟在身后。

"对不起。"

春舒落了泪，终于把那句说不出口的话说了。

梁嘉词看着她，心底同她一样悲凉，他试探地往前一步，春舒快步上前,抱住了他。

她哭着说:"对不起梁嘉词,我……很爱你。"

春舒知道自己在做什么,相遇相爱不过是一场虚妄。

——我告诉自己可以了,已经得到很多了,生命结束也没什么。

——可梁嘉词啊,我还是无法做到和你告别。

第五十七天,浑浑噩噩过的第五十七天,他们分开的第五十七天,梁嘉词记不起自己是怎么过的。电话里她那一声不带情感的"是"气得他心堵,他想马上找到她说清楚,电话却怎么也打不通,哪儿都联系不上她,宛如人间蒸发。他找了许多人,最后还是从邱凯炜那里察觉事情不简单,找上门邱凯炜却不愿意告诉实际情况。

而满腔的怒气在她回身的那一刻,梁嘉词没骨气地想,算了,他不想和她吵架了,只想好好抱抱她。

"疼吗?"梁嘉词拥紧她问。

春舒又说了一句"对不起",摇着头,再次说"对不起"。

梁嘉词放开她,看着她,眸底的光一点一点黯淡下来:"春舒,你到底把我当成什么?把我像垃圾一样想丢就丢?"

他的话刺痛了她的心,春舒无力辩解,开口的话也只有"对不起"。

梁嘉词神色落寞:"为什么唯独我是被瞒着的那一个?"

春舒眼泪狂涌,他的问题不难回答,却是最难启齿。她也曾想过,为什么她不愿说。

"你还有很好的人生等着你。"这是春舒的答案。

她去世了,亲人会伤心,但还会有同等的爱在等着他们,他们可以相伴走出悲伤。朋友会难过,但他们会记住的多是一起相处最开心的时光,不会永远陷落在低谷。唯独面对他,面对梁嘉词,她该怎么去抚平他的伤痕?春舒不知道,这对他来说太残忍了。

"我需要吗?"梁嘉词冷声反问,"我需要你这么以为吗?"

春舒低头沉吟不语许久,久到梁嘉词对此失望,全身发冷。

路过的车辆闪着灯,变道行驶。

天地昏暗,一切都在变动,绿灯跳完长长的90秒,他们之间的氛围坠入最低点。

"我会死的。"春舒抬头看他,双眸找回焦点,心如刀割,语气比上一次更坚定,"会死的。"

梁嘉词看着她:"会死所以不爱了?"

春舒张嘴却不知怎么回答,急切地说:"梁嘉词,我……"

他出声打断:"是的,我接受不了,也无法接受。"

又一次陷入沉重的氛围。

到这里就够了吧,春舒心想,自己不要再奢望了,不要再打扰了。

她松开手,梁嘉词却握住她的手腕,收紧力度,似乎下了某种决心。

他开口,声音艰涩无比:"春舒,我接受不了,再努力活久一点好不好。"

"我才刚追上你啊。"他垂下了头,仿佛被遗弃的孩子。

他才和她交往,才知道她也很爱他,他们才刚开始啊……所以请再活久一点吧。

因为他这句沮丧又无力的话,春舒溃败,泪水像断了线的珍珠般狂落。

再多活久一点吧。春舒告诉自己。

苦难中的爱情永远刻骨铭心。

春舒深知不可为,可他只一个眼神,她便无计可施,就自私一会儿吧,如果哪天她真的不在了,他也要再爱她久一点。

今晚,她真的成了一个彻头彻尾的罪人,她以后会下地狱吧。

"是啊,我们才交往。"春舒笑了,下地狱就下地狱吧,她想爱梁嘉词,还想和他再走一段路。

梁嘉词把她抱回怀里,这五十七天的兵荒马乱终于终结。

"舒舒,我不会放手的。"

永远。

他在心里说。

春舒贪恋他的气味,贪恋地回应他的拥抱。

第二天,梁嘉词一大早就到了医院。母亲前脚出医院,他马上进屋,进门的气势吓到了隔壁床的姐姐,他又是生面孔,姐姐以为是屋里进了匪徒,见到他走向春舒最后抱住她,才小小地松了口气,抱得这么小心,应该不是坏人。

"还好吗?"梁嘉词拉住春舒的手,"怎么是凉的?"

他揉了揉，用被子捂紧。

春舒笑他瞎紧张："我刚洗完手，不是凉的是什么？"

说完，她凑到他领口嗅了嗅，拧眉说："烟瘾是越来越重了，把烟戒了，我闻不习惯。"

昨晚靠近他，她就闻到了，以前他也就是偶尔抽，这段时间估计抽得凶。

梁嘉词立马应下，什么都说"好"，接着继续嘘寒问暖"饿了吗""精神怎么样"，比查房的医生还紧张。

卢妗听完他们的对话，不好意思地打断："请问，这位是……"

春舒握着梁嘉词的手，笑着介绍："这是我男朋友，叫梁嘉词。"

又给梁嘉词介绍："姐姐叫卢妗，平日里很照顾我。"

梁嘉词礼貌地和卢妗问好，把带来的一袋水果分给她。

卢妗看着帅小伙笑说："原来你有男友啊，一直没见他来过，弄得我还误会你和你朋友是一对，丢脸啊。"

春舒给梁嘉词解释："前段时间忙，他刚回江都。"

"难怪啊，急匆匆地进屋我还以为怎么了。"卢妗看着般配的小情侣，笑得眼睛眯起。

闲聊片刻，卢妗的丈夫到了，给两人让出了独处空间。

梁嘉词把床帘拉好，隔出单独的空间。

他坐下来，从袋子里拿出苹果开始削皮，切好后递给她，也说了一句"平平安安"。

春舒语塞，就连梁嘉词也不可免俗地做这些。

"我已经和我爸说了你的情况,他会帮忙找专家再看看,配型也会继续找,已经拜托熟人在问了。钱的事情你也不要担心,有符合你情况的慈善机构可以申请资助,我昨晚已经做了材料递交申请,大概过几天就有结果了。"短短一晚上,他把所有想到能做的都做了。

梁嘉词说着他的安排,春舒全照听,小口吃着苹果,也喂他吃,大多数进的是他的肚子,一看就知道他没吃早餐便跑来了。

"舒舒。"梁嘉词看着坐在床边比他稍高的春舒,笑容略微苦涩。

春舒摸向他的鬓角:"怎么了?没休息好吗?"

梁嘉词微微摇头,摸着她只剩一把骨头的手:"昨晚我给我爸打电话的时候,我第一次后悔了,特别地后悔,我要是听话学医多好啊。"

昨晚和父亲聊到后面,他哽咽着说不出话,请父亲一定要救救春舒,对面的父亲也叹了气,这是父子间为数不多没有以争吵结束的通话。

春舒听完笑出声,捏了捏他的耳垂,声调温柔:"可这样你就不是梁嘉词了,不学医也挺好的。"

真的挺好的,现在的梁嘉词已经很艰难了,如果真成了医生,无法把她医治好,他会更崩溃的,她不希望看到这个场景。

中午春笙来送午餐,看到梁嘉词守在病床边,意外地看向春舒,她心虚地说:"你先不要和爸妈说。"

春笙点头:"我不会说的,你们放心。"并且识趣地送完就走,不多待。

下午查房来了不速之客，是梁嘉词的父亲。

第一次见面在病房里，春舒特别不自在，微微垂着头听查房的主治医师说她的身体情况，梁嘉词听得认真，稍有不清楚就追问。

梁嘉词分心看了眼春舒，她一直拽着衣角，木木地盯着前方。他瞪了一眼老头子："看什么看，别把我媳妇看不自在了。"

他突然的一句话，让所有人都看了过来。

这次查房的阵仗大，不少实习医生也跟着来了，除了认真记笔记还要分心看八卦，据内部消息知道病人家属是梁院长的儿子，病人大概就是准儿媳了。

梁爸爸是不放心才跟着来的，好心来还被儿子凶了一句，差点要端不住在人前的沉稳："你小子怎么说话？"

春舒拦住梁嘉词："伯父也是好意，你好好说话。"

梁嘉词听话地不再回嘴。

梁爸爸算是看出来了，现在也只有躺在病床上瘦弱如薄纸的女孩说话对梁嘉词管用，他特地空出时间来看望，表达重视，好让他小子放心，还被凶了一句，他心底无奈叹气，儿子大了不中留。

虽然有特殊关系在，梁爸爸也不好停留太久，免得耽误下面的查房。为了不搞特殊对待，下面的查房梁爸爸也跟着走完。

春舒化疗后的症状不算特别好，恶心干呕三天，食欲不振，仿佛被抽掉了精神气，恹恹的，一周后才渐渐好转。梁嘉词每天只有白天能过来，每次看到她吐，眉间的愁绪怎么也压不住。

勉强算平静的生活在某个下午被打破，卢婍在一次化疗后突然发病，最后没挺过去，走了。

她的丈夫默默处理着后事，孩子被奶奶抱着，哭得整层楼都能听到。

春舒隔着帘子看不清外面的情况，浑身发凉，昨日还和自己开玩笑的人今天就不在了，感受过她的鲜活，在面对她的死亡时恐惧就更为深切。随着卢婍的离开，春舒假装看不到的害怕再也压制不住地跑了出来。

梁嘉词一直担心着她，把她的失神落魄看在眼里，心疼不已，站起身抱住她，柔声安慰说"没事"。

"梁嘉词，我不想……一直待在医院。"春舒靠在他肩膀上，哭得发颤，"我想离开。"

梁嘉词当然不同意她离开医院，正常化疗都让她憔悴不已，呼吸越发微弱，怎敢离开半步。

"我想想，好不好？"但梁嘉词不忍心拒绝，才十九岁的春舒看过的风景太少太少。

第二天，梁嘉词和她说了打算，照顾她吃午餐时，说："我在医院隔壁小区有一套房，今天我找家政阿姨打扫好了，随时可以搬进去，你化疗稳定之后的几天可以住那儿。这样可以吗？"

医院的氛围太压抑，梁嘉词征求过父亲的意见，春舒的身体恢复得还算不错，搬到外面住是可以的。

春舒看着他，半个月不到，梁嘉词每天结束学校的课程就来陪她，脸上能看到淡淡的疲态。她伸手摸了摸他的脸："瘦了。"

梁嘉词笑了笑："我今晚会多吃一点儿，没事。"

春舒说回搬出去住的事："和你吗？"

"你爸妈陪着你，他们不在我再去看你。"梁嘉词也想占据她全部的时间，但他没忘记她也是女儿，是姐姐，她还有好友。

春舒看着他，坚定地说："我想和你住一起。"

梁嘉词顿住，不知道该不该应下。

春舒握紧他的手，说道："就和你住一起，我会和爸妈说的。"

梁嘉词应了"好"，春舒难得笑容轻松。

晚上隔壁床新搬来一个比春舒大三岁的女生，躺下后拿着手机给朋友讲八卦，彭洁玉看着心里不是滋味，看了眼安静看书的女儿，长叹了口气。

春舒把书合上，放到枕头下面："妈你要是累就在家休息，我又不是没一个人住过院。"

彭洁玉摇头："不行，我得守着你！"

在卢姣去世后，彭洁玉的心就没定下来过，恨不得课都不上了，只想花时间多陪陪女儿。

躺下来后，母女俩都没有睡意，想的全是同一件事，没人再提及死亡，死亡的余震却久久扎在她们心里，和焦虑共沉浮。

春舒躺平，看着帘子上隐约透来的光亮，开口："妈，我交了一个男朋友。"

第一次和父母提及梁嘉词,她有些紧张。

彭洁玉没有表现得太震惊,近日从医生和其他病人家属的调侃中他们隐约猜到什么,但女儿没说,他们就当不知道。

春舒接着说了很多,梁嘉词对她的好、他们在学校的一些开心事、来医院后帮的忙。停顿了会儿,她转移了话题,说:"妈妈,做你女儿的这段时间,我很开心。"

听到这儿,彭洁玉绷不住,吸了吸鼻子。

"我想下辈子,还做你的女儿。"春舒声音轻缓,仿佛在说很遥远的事。

彭洁玉更是憋不住哭了。他们对她管教严格,一定要她读书读出点本事,给多少期望她都扛下来,从不说难,也从不闹,乖巧懂事,有时他们都会忘了她只是个孩子。

春舒侧身面对母亲的方向:"我已经很满足很开心了,你和爸爸对我太好,我好像没什么遗憾了。"

对于亲情,她是满意的,能生活在这样的小家庭,算是老天爷给她少有的偏爱了。

彭洁玉明白女儿为什么说这番话,依旧难受得不行。

春舒继续说:"我不知道还能活多久,等这次化疗恢复好了,我想和他住一起,就在医院隔壁的小区。"

那天晚上,彭洁玉也没说好不好。

三天后,在梁嘉词来接春舒时,她笑迎他,说辛苦他了,也麻烦他在医院上下帮忙打点。

就这样，春舒和梁嘉词住进了医院附近的小区。

一房一厅，正好适合两个人住。

春舒喜欢睡在飘窗旁，躺在摇椅上，睡个下午觉，梁嘉词就坐在旁边忙工作。

春舒醒来第一时间看他在不在，确定在了，再安心眯着眼，椅子微微晃动，睡意蒙眬，恍如梦境。

她总想——

梦啊……再长一点儿就好了。

她还想再爱他久一点，再久一点。

第十章
再看一眼春花

送你春花

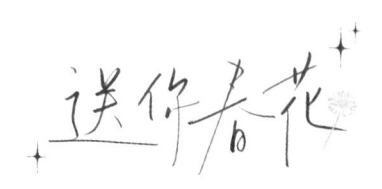

春舒喜欢午后晒太阳，偶尔也有下雨天，雨幕下的城市有点回归自然的感觉，她会把最小的窗户打开，窝在沙发里看书。

翻阅着书籍，指腹划过粗粝的纸张，她胡思乱想着，故事的画面更为清晰地出现在脑海里。可能知道屋里还有梁嘉词在，她心安许多，读着晦涩的故事，想得最多的还是梁嘉词读到时，又会怎么想，比起自己阅读，她还是比较喜欢听他念故事。

倾盆大雨打在玻璃上的声音刺耳，比雨声更吵的是梁嘉词视频会议的争吵声。起初春舒被大阵仗吓到，跑进房间阻止他，让他不要再和同事吵了，反而把网络对面的几人吓了一跳。后来她才知道他们这是专业的讨论。有次气得稚玥要亲自登门理论，但梁嘉词不见外客，怕他们打扰到她，所以他们只能继续每天视频争论。

梁嘉词也会吵得上火，在客厅里走走停停，搓了把后脑勺，头发凌乱，一脸倦容，灌了几口冰水，骂骂咧咧地说稚玥是在用脚指头想情节吧。稚玥骂得也狠，在和春舒的微信私聊里，稚玥说梁嘉词是用脚指甲盖顺逻辑。反正谁都有理，错的是故事。春舒最佩服的是事后几人还能和和气气侃天说地。

逐渐地，看他们争论也成了春舒的乐趣。

编剧不愧是编剧，骂人特会用比喻，不带脏话的难听，算是让春舒开了眼界。

刚结束一场三小时的"掐架"，梁嘉词从房间里出来，拿起一瓶橙汁，气不顺地喝下一半，坐到春舒身旁倒苦水："稚玥一定是脑子长在胳肢窝。一部好好的悬疑剧，她非要加个人物负责搞抒情，多余的情感线填进去就是白瞎，完全和主线没有任何联系，主旋律也被搞得不明晰。"

春舒放下书，被他开口的第一句话逗到："嗯，怎么说？"

梁嘉词慵懒地往沙发里一靠，和她贴近一些，把争吵的点一五一十地说了一遍。他也不需要春舒说谁的点子好、谁的点子坏，只是需要一个倾听者。

说到一半，他忽然停下，定定地盯着春舒看，她唇角挂着淡笑，有种难以表述的温柔平和。

"怎么了？"春舒晃了晃手，叫回走神的梁嘉词。

梁嘉词笑了笑，握住她的手，低下身，脸颊紧贴她的手掌心，嗓音沉沉的，宛如在说一个带着暖色阳光的童话："就算我说很假的故事，你的眼睛也是亮晶晶的，满眼都是我和我的故事。"

每当这时候他不由自主地就在想她真好，他好爱她，好爱好爱。

"你说的故事真的有趣，我不是瞎捧场。"春舒低眸。

他的风趣和涵养是最吸引她的地方，有时她都会想，老天对她多好啊，知她蠢昧，知她爱文人，所以让她遇见了他，遇见一个不怎么正经的大哲学家梁嘉词。

梁嘉词坐起身，倾身吻她，故意弄乱她的头发："那我以后遇到有趣的事都攒起来说给你听。"

"好啊。"春舒莞尔一笑。

暴雨声越来越大，怪不得窝在沙发上懒洋洋的，梁嘉词问她："想做些什么？"

春舒坐起来说："昨天我看到你把吉他搬来了，你教我弹，怎样？"

梁嘉词把可能需要的东西全部搬来，小屋子塞得满满当当，很像家的样子。

不是像，就是家，这是他和春舒的小家。

把吉他拿出来，梁嘉词从后面抱着春舒，两人坐在毛毯上，他握着她的手教她认弦，教了最简单的和弦，她不想学基础，就要立马学一首歌，梁嘉词不允许，一定要她把基础打好。春舒动手能力强，学得快，十几分钟后就能把他教的和弦吃透。

春舒会好奇地提问，问的多是乐队的事："为什么乐队的名字叫星暴?"

"星暴是宇宙里的一种现象。"梁嘉词带着她勾弦,缓慢地一下接着一下,"黑空之中,强大的气流使得恒星汇聚成最绝美的'烟火',最后诞生一个新的星系。我们几人汇聚在一起,也是一种意义上的'星暴',你也是其中的一颗星。"

"你们真会起名。"春舒沉溺在他用语言编织的绚丽想象里。

梁嘉词跩跩的:"必须的,你也不看看你男朋友什么文化水平。"

春舒骂他臭屁,梁嘉词窝到她脖子里耍赖,又是亲又是蹭,闹了半天只学了一段和弦,全浪费在调情上了。

作为初学的奖励,梁嘉词把自己的拨片送给她,还特地拿出雕刻工具,在空白的另一面刻上"CS",戴到她脖子上。

春舒摸着另一面他名字的缩写,珍爱地摩挲着。

梁嘉词坐到她身旁,问:"有想听的歌吗?给你弹。"

"想听……《少女的祈祷》。"春舒想了下,"那天我没听你唱完。"

梁嘉词爽快地应下,春舒坐好,抱着膝盖,双眼紧紧盯着他,满怀期待。

没有其他乐器的伴奏,单是木吉他质朴的声音,整首曲子柔和了许多。

…………

然而天父并未体恤好人

到我睁开眼

无明灯指引

我爱主

为何任我身边爱人

离弃了我下了车

你怎可答允

她没听到的后半段,他强行忍住哽咽唱完。

难怪她走掉了,背影落寞又孤单,他怨她连一首歌都不愿听完,怨她就是想占他便宜才和他勾勾缠缠,哪知是她想爱又不敢再向前的举动。

不是不想,是不能。

春舒心里也不好受,但他们已经形成默契,在一起不讨论伤心的事,也刻意避免一切会产生负面情绪的话题。

"想什么呢?"春舒上前,双手捧起他的脸。

梁嘉词放下吉他,紧紧地把春舒抱到怀里,没力气说出"我害怕你真的不在了"。

春舒倒是成了哄他的那个,半退出他的怀抱,仰头吻上他的薄唇。因为中间卡着一把吉他,她够着他有些难,膝盖卸力后瘫坐在软毯上,连带着他一起被扯过来,他勾住她的腰身,四目相对。

他身体变化明显,把她往外推了推,她勾住他的脖子,贴得很紧,这段时间他刻意躲开亲昵,她感受得到。

"想吗?"春舒在他耳边微喘着说这句话,学着他以前温存时的把戏，缠着他，轻轻柔柔地抚摸，"梁嘉词，我想。"

雨的白噪声让屋内的氛围恰恰好，昏昏沉沉，偶尔有风有光打进来。

但他克制着，不愿意更进一步，担心她受伤。

春舒做了大胆的举动，她把宽松的淡粉色T恤脱掉，将一切袒露在他面前。她胸骨上有一个指甲盖大小的瘢痕，是做骨穿留下的，长发如海藻般落在瘦弱的肩膀上，隐约遮住一些，但无济于事。

这是复发后她第一次在他面前露出病态的身材，清晰的肋骨触目惊心。

光影打在她的身后，晕染的光把他们面对面不言语的时间拉得长长的，场面陷入死寂的沉默中。

"是不是很可怕？"春舒淡声笑问，有些自嘲，"残破、不堪、支离破碎，像断壁残垣。"

梁嘉词摇头，伸手而去，怕她疼，不敢摸上伤痕，指尖游走周围，微微笑着："宝贝，想多了，你很漂亮。"

不是难看的痕迹，是她和命运抗争的勋章，是她的不屈和勇敢的证明。

持久的暴雨狂下，这场风雨一点儿也不温和。等落幕后，地下一摊一摊水洼，浅浅的，还有向外一圈一圈微微荡漾的水波痕，屋檐的几滴水珠掉落，滴滴答答地打在地面，在平静的雨后响得尤为明显。

一切全被洗涤过，山青风清，涌入肺里的空气给予了新的生命，郁气渐渐散了。

客厅似乎被泼洒的黄昏镀上一层旧电影滤镜，虚掩的卧室门不知什么时候被风吹开，先前忘了关的音响还在放着舒缓的 *That's Us*。

春舒似躺在雨水里，黏黏腻腻的，抬起疲惫的胳膊，手穿过梁嘉词黑色的短发，充满爱意地抚摸着。

梁嘉词吻上那道疤痕，反反复复，嘶哑地一遍又一遍说着：

"春舒，我爱你。

"春舒，我爱你。

"春舒，梁嘉词真的很爱你。"

住在一起的时间很短，因为和梁嘉词在一起，春舒总数不清楚天数，她倒是记得住在医院化疗的时间格外漫长。

梁嘉词还是老习惯，喜欢给她梳头，一定要她每天都是漂漂亮亮、干干净净的。偶然一次，梳子上全是她的头发，他心狠狠一颤，快速地清理干净。春舒不见他有动作，问怎么了，他说没事，查看消息而已。

早在梁嘉词发现她头发掉落越来越多之前，春舒已经预感到了，她不是没经历过这种情形，但免不了难过了一会儿。

再住回医院，苗灵洙常来探视春舒，有说有笑，她是难得带着好心情来探病的人。

春舒看到笑脸迎人的苗灵洙特别开心，本来生病就是很难过的事了,她当然希望来探视的人不要过于担忧,像平常一样陪她聊聊天说说话就好。

因为稚玥的项目正式启动,作为老板之一的梁嘉词推辞不掉,需要到场,苗灵洙得闲就推着春舒下楼晒太阳,两人待在一起的时间快要超过梁嘉词陪她的时间。

医生给的检查结果不错,最开心的是梁嘉词,围着春舒说笑一整天,她心疼地摸上他的脸颊:"这段时间都累瘦了。"

梁嘉词也知道自己现在有些不修边幅、胡子拉碴,春舒都嫌弃他贴过去抱她。但得知她的情况越来越好,他笑得灿烂:"不累,你好就行。"

春舒的笑容依旧淡淡的,未达眼底。

住在医院的多数时间里,陪着春舒的是彭洁玉。一天早上起来,她看到枕头套上全是血,急得狂摁呼叫铃。确认没太大的事之后,才松了口气。

春舒有些晕,靠在凳子上等他们整理床铺,眼看着快要到八点,才开口催着快一些,梁嘉词就要来了。

彭洁玉瞅着女儿这般模样,想到最新的那份检查结果单子,欲言又止,终是不忍心,忧心忡忡地问:"你要到什么时候才和他说?"

春舒顿了顿,知道母亲指的是什么,继续若无其事地整理被套:"不能说,妈,你也不要再提了。"

彭洁玉眼泪又在眼眶打转:"小词是个好孩子。"

怕他们耽误了人家，这话不说春舒也知道。

春舒走过去拍了拍母亲的肩膀："他马上到了，妈，你别在他面前说这些。"

彭洁玉深深叹气："嗯，你先休息，我去清洗。"

十多分钟后，梁嘉词带着早餐过来，主要是给彭洁玉带的。

吃完早餐，彭洁玉去学校上课，梁嘉词拉起帘子，和春舒挤在一起看电影。

隔壁床的姐姐特别羡慕两人的感情，还以为他们是小夫妻，得知他们只是男女朋友，惊讶了一下。这样纯粹的感情挺难得的，夫妻都不一定能做到这个份上。

春舒只好笑着说："我才十九岁，太早了。"

梁嘉词停下动作，从身后贴到她耳边："算二十周岁了，能领证！"

"你别闹。"春舒把他推回去让他好好切水果，"别乱动，小心水果刀伤到你。"

梁嘉词常买水果，无一例外全是苹果，每天要削上一个。春舒早吃腻了，可面对他那双关切的眸子，被他这么一看，她就心软了，腻了也要吃上一片。

晚上，轮到梁嘉词陪床。房间暗下灯后，他心事重重地看了一眼春舒，坐在床边，压低声音，犹豫片刻问："舒舒，我们结婚吧？好不好？"

春舒一改前面的和煦语气，冷声说："不要胡闹。"

梁嘉词俯身，靠在她肩头："我没胡闹，就是想和你结婚。"

话音落下，她好久不答一句话。

"等……等我好了再说，好吗？"春舒抱住他。

梁嘉词也知道自己有些无理取闹了，她还病着，他却因为别人一句话胡思乱想一整天。

躺下后半小时，春舒坐起来拍了拍床，示意他上来。

梁嘉词摇头："会挤到你。"

"没事，我想和你一块儿睡。"春舒身形小，又瘦，压根占不到什么位置，两个人挤一挤绰绰有余。

梁嘉词凝视她片刻，掀开被子，小心挪动，睡到她的被窝里，环着她，她越来越瘦了，他都不敢太用力抱。

"梁嘉词……我想把头发剃了，就明天，怎么样？"春舒已经做好心理准备，这一头长发还是要剪掉。

梁嘉词抚摸着她的长发，低头吻她的发顶，心疼地说："舒舒，我们去拍证件照吧，等你出院了我们就去领证，好不好？"

这一次春舒不忍心再拒绝他，应下了他的请求。

就这样，剪发的事延后了三天。

不结婚，拍个证件照没什么的，春舒心说。

因为春舒不能离开病房太久，梁嘉词约好团队上门拍结婚证件照，隔壁床的姐姐知道后很开心，不介意被打扰到。

春舒很难得地看到梁嘉词穿上笔挺的深色西装，领结挺括，还梳了背头，露出硬朗的面部轮廓，让他周身的气质矜贵而散漫。他坐在旁边，净白的指节握住春舒的手，在准备期间凑到她耳边说："我有些紧张。"

春舒还在做发型，拍了拍他手背，安慰说没事。

为了衬红色的背景布，她特地穿了身素色的旗袍，身材薄得和纸片似的，也就经由旗袍的修饰看不出她患了病。

其他好友听说他们要拍结婚照，全赶来凑热闹，还送了花和礼物，整得和订婚似的。梁嘉词又拿出红色丝绒的小方盒，打开里面是两枚银色戒指。

亲朋好友、花和戒指，一切齐全，感觉更像了。

春舒要把戒指给他戴在中指上，他往后收了一下手，略微不满地说："我只戴无名指。"

最后戴的是无名指，两人开开心心地拍完了结婚证件照，大家伙看热闹的也散了。

下午晚饭前，春舒预约了专门在医院里剃头的阿姨，短短十分钟不到，蓄了三年的长发落地，她戴上了帽子。

梁嘉词在门外等她，看到她稍稍失落的模样，笑着戏弄她说："谁家宝贝儿这么漂亮啊！"

刚才在镜子里看到光秃秃的脑袋时，春舒还有些郁闷，他一句话扫掉了烦恼，她笑了起来。

爱人有神奇的魔法吧，简单一句话就能让她的心情变好。

吃完饭回到病房，她发现角落堆满了来凑热闹的好友送的礼物，弄得真的和订婚典礼似的,其实也就拍了不到两小时的照片。

春舒捧过礼物,问他:"你是不是和他们说了?"

梁嘉词:"嗯,我就告诉他们我要和你拍结婚证件照了。"

她无奈了,谁家好人拍结婚证件照还——和好友说啊……

其中苗灵洙的礼物让她一愣,中号的礼物盒里是一顶漂亮的假发,发丝光滑有光泽。回想起今天来探视的苗灵洙剪了一头齐耳的短发,她问怎么剪头发了,苗灵洙那时云淡风轻地说是为了显得干练变成值得委托人信赖的模样特地剪的,律师也要靠形象吃饭,她信了,压根没往别的地方想。

梁嘉词也反应过来假发是哪儿来的,春舒收好,说:"梁嘉词,你说和你交往,你会带我做很多有意思的事情。现在……我好像通过你也收获了很多,我满足了。"

她单调的校园生活被他充实了起来,还交了好友,能被他们真心对待的好友。

梁嘉词替她收好礼物:"别说这些,等你康复了,我们一起去他们的婚礼。"

春舒只是笑,没多说其他。

下一个疗程前,春舒的病情突然恶化,梁嘉词第一次站在走廊外等待,心急如焚却不知道怎么是好,双手握在一起,手指挤压得暴出青筋,血色消失。

如果可以让春舒好起来,他愿意把江都的寺庙都拜了,只要她能好好的。

如今除了祷告,他做不了其他。

好在春舒熬过来了,脱离危险后她坐在病床上笑嘻嘻的,还开梁嘉词的玩笑。

"医生是不是骗我,你怎么突然恶化了?"梁嘉词握着她的手,抵在额头上,红了眼。

春舒笑了下,内脏都在疼:"医生说的肯定没错,突发情况也是正常的,这话千万别让顾医生听到。"

顾医生是春舒的主治医师,也是这方面的专家。

一旁听着他们说话的彭洁玉训了春舒两句:"你也是的,别再往外跑了,好好地在病房里待着,幸好前天下雨你出不去,要不然……"她不忍心往下说,不敢想象。

春舒嘴皮子都是白的,笑得比往常都灿烂:"妈,你别瞎说,我好着呢。"

彭洁玉看了一眼梁嘉词,憋着话不说了,转头忙碌去,晚上临走前再三警告春舒不准外出,让梁嘉词看着她,不能陪着胡闹了。

梁嘉词已经把彭洁玉的话奉为圣旨,春舒倒生起了闷气。

"其实每天下去逛逛真的会对身体好。"春舒不喜欢闷在医院里。

梁嘉词拒绝:"好之前我们就待在病房里。"

他不愿意陪着,春舒就给苗灵洙打电话,趁着他们都不在,在楼下散散步,晒晒太阳。

三天后的晚上,春舒又流了鼻血,她慌张掩盖,可进门的梁嘉词早就看到了,他慌忙叫来护工清扫,接着叫来医生,确认没事后才敢松气。

春舒缩在陪护的病床上,低着头,梁嘉词蹲在她面前,问:"怎么了?"

她抬眼看他,无助地摇了摇头:"梁嘉词,我想去看海。"

"别多想,我刚问了医生,他说没事的。"梁嘉词笑着安慰她,刚才他也害怕,问过医生说是很正常的现象,要保持乐观的好心态。

他眼底还有期待,对上这样的目光,春舒喉咙发颤,抽搐得生疼。

果然撒了一个谎,需要无数的谎来圆……

"梁嘉词,我们去濛城吧。"春舒握住他的手,"就我俩,悄悄逃走。"

她想,她应该认真地和这一切告别了。

"我叫春舒,可我好像和春天特别没有缘分。"

这话是在去濛城的路上春舒说的,话很轻,自喃一句,不需要回答。

梁嘉词听到了,抓紧方向盘,抿紧唇,最终还是没接上话。

他们悄悄跑出了病房,难得地把病号服换掉。春舒换了一条颜色鲜艳的裙子,戴上苗灵洙送的假发,还有一顶适合在海边戴的帽子,和他手牵着手在父母来探视前悄悄逃跑。

春舒说:"我很不喜欢见你时穿病号服,我想穿最好看的衣服见你。"

——想以最好的状态见你。

——梁嘉词啊,不要总为我烦忧。

梁嘉词眼神温柔,搂住她:"你怎样都好看,在我这儿没差。"

这次出逃和偶遇梁嘉词那天傍晚的天气一样,晒、闷、荒凉,天际破败,就连天色都是一模一样,暗曛色的余晖挂在抽了芽的黑色树影上,似到了无人之地。

想到那罐涩甜的果汁,"噗"的那一声,是他们的开始。

车载音乐的歌声低低沉沉,春舒靠着凳子,有气无力:"听说稚玥学姐的老家在濛城。"

濛城濛城,听着像梦城,一座只存在于梦里的城。

梁嘉词也曾受稚玥的影响想去濛城一趟:"嗯,她说海很漂亮。宝贝别睡,很快就到了。"

"好。"春舒头靠在车上,有些晕车。

他们赶在最后一抹夕阳消失前抵达了濛城的海边,车可以停在海滩上,春舒一下车便踩在暖乎乎的沙子上,她脱掉了鞋,绕着车走了几圈。

梁嘉词站在她身边,看着她来来回回地走,无心看风景,一直盯着她的步子,担心她摔倒。

春舒学着梁嘉词懒懒地靠着车,侧目仰头看他,见他神情过于沉重,用开玩笑的轻松语气问:"听一百遍《反方向的钟》就会回到过去吗?"

车载的音乐还在放，正是她说的这首。梁嘉词问："如果会，你想回到什么时候？"

春舒勾着他的手，抚上无名指上的戒指："哪儿都不想，我喜欢现在。"

有你的现在。

她没问他呢，只说："就现在，特别好。"

梁嘉词受不了春舒话里的暗示，紧紧地握住她的手。

"你不会后悔想回到过去，对吧？"春舒笑问。

梁嘉词坚定："嗯，不会。"

就算现实难以接受，他也不后悔和她相遇相爱。

他们沿着蜿蜒的海滩漫步，她还想在海边再待久一点儿，走不动了梁嘉词就背着她。

深夏的海风吹得人昏昏欲睡，早已模糊了时间的春舒摸着潮湿的风，估计还要好久才到冬至，好久好久才到春分，久到她不敢再想。

她趴在梁嘉词的肩膀上："阿词，你要好好写故事，好好做电影，永远做自己喜欢的事。"

梁嘉词听到她亲昵的称呼，呼吸缱绻地缠着他的耳朵，心里暖暖的又酸酸的。他艰难地笑了笑："到时候你去首映礼？"

春舒笑了，贴紧他的脖子，良久才说："好啊。"

他们只说了几个话题，不敢再说了，和喜欢的人在一起很容易聊到未来，聊到想要一起做的事。春舒心说不能向他承诺了。

走到一块大大的礁石前，没路了。梁嘉词停下，站了好久，很不甘心，春舒说："回去吧。"

他不想回啊，想就这样背着她继续走下去。

"阿词，回去吧。"春舒收紧抱着他脖子的手。

待天色全暗下来，梁嘉词回了头，回去的路上走得特别慢。

坐回车上，春舒最后望向海，实则一片漆黑，什么都看不见，只能听到浪声。赶不上海景最漂亮的时候，她恋恋不舍地看了一眼："今年春天，我一直在医院，还没好好看过春天，好想再看一眼春天啊。"

梁嘉词拉过羊绒毛毯盖在她大腿上，说："等我一会儿！马上就回来！"

春舒不知道他要去哪儿，听话地靠在车椅上，静静地等待。

后视镜上的吊坠摇摇晃晃，是他们刚在一起时，她陪着他去买的平安吊坠，她抬手摸了摸铃铛，正出神地想到那天的事，车窗被敲响，她按下降落键。

入眼是少年感十足的黑色冲锋衣，梁嘉词站在外面，勾唇浅笑，令她挪不开目光，他特别好看。

车的底座高，他们视线平齐。

"怎么了？"春舒被他的笑容感染到。

梁嘉词从身后拿出一束野雏菊，花朵的中央是淡淡的绿，白色奶油般的花瓣饱满圆润，枝干气息清新，淡雅绽开。

用包装纸裹着，应该是他在附近的花店买的。

回想起那天的山间，他摘来的一束野雏菊，单纯想让她减轻晕车的难受。

遗憾的是，每次收到他送的花都不在最适宜的季节。

他折了一朵放到她耳边，极为衬她。

梁嘉词说："春舒，你比春天更绚丽。"

而春舒没有像上次折下一朵放到他的胸前口袋那样回应他，只是笑着捧过花说了一声"谢谢"。

春舒不愿意返程，想看明天的日出，最后梁嘉词在海边的旅店订了一间房。年代久远的矮楼陈设老旧，好在打扫得干净，住着还算舒服，只是没有空调。幸好晚上的海边凉快，单穿着T恤还需要盖一床薄被。

床就对着窗，春舒坐在床尾，梁嘉词在她身边坐下，以为她是看到了什么好看的，目不转睛地盯着，只看到一片黑空。

"有星星？"梁嘉词还往下低了身子，还是没发现。

春舒缓缓摇头，她在想今天的事。

她的模样让他升起不好的预感。

晚上十一点，父母的电话不停地打进来，春舒全部挂了，害怕他们连夜赶来把她接走。

梁嘉词放心不下，洗澡时悄悄回了信息，告诉他们春舒和他在一起，明天早上就回去，那边的父母得知后才安下心，没多问其他。

晚上睡下，梁嘉词和她说苗灵洙和沈知律婚礼筹备的情况，春舒听到一半，把头埋到他怀里，落了泪。

"想什么呢?"梁嘉词抱住她,知道这时谈论婚礼对他们来说太残酷了。

春舒脑子里还是今天和他相处的点点滴滴,他们对视着,她先主动吻了他,想告诉他却说不出口,只能在心里一遍又一遍地说:

"阿词,我后悔了,我想回到过去,你不曾认识我的过去,回到不会误车的那个下午,你要去的不是濛城。

"可你说,你不后悔。那我呢,该不该后悔?

"阿词,我活不久的。

"我应该后悔。"

溽热闷湿的海风吹来,他们相贴着,起了一层薄薄的汗。她附在他耳边,气若游丝,轻声说:"阿词,我好想活到来年啊,再看一眼春花。"

你送的春花。

梁嘉词回吻她说:"会的,一定会的。"

第二天日出之时,他们返程回了江都。紧凑的旅程令春舒疲惫,回到病房,她便睡下了。梁嘉词守了许久,彭洁玉劝了几次才把他劝走。

在住院部楼下,彭洁玉看着梁嘉词说:"小词,你是好孩子。"

莫名的一句话困扰住梁嘉词,他回到和春舒的小家沉沉地睡了一觉,压抑的不安却在一瞬间爆发,他猛然醒来,前天春舒说过的每句话清晰地一句一句浮现,预感越来越真实,他在凌晨心慌意乱地开车去往医院，守在楼下，等探访时间一到就往上跑。

春舒的病床上已经是新面孔的病人，他冲到护士台，大声问："人呢？春舒人呢？"

护士只知道春舒在昨晚办了出院，其他一律不知。

梁嘉词打不通春舒的电话，联系不上她的父母，在春舒家也找不到他们人，最后回到医院找父亲，他却正好外出开会了。

一切的一切都像安排好的。

梁嘉词恍然明白过来。

——春舒骗了他。

梁嘉词疯了似的找了春舒三个月，闷在医院附近的小房子里，谁也不见，只要春舒。他连窗帘都不敢拉开，用烟酒麻痹神经，瘦了十多斤，精神憔悴，整个人都是恍惚的。

春舒走得很坚决，依旧没有任何消息。

冬至那天，梁嘉词才肯从屋子里出来，穿着黑色棉服，也不怎么打理自己，形象糟糕极了。但渐渐恢复正常，开始重新社交，处理手里的工作，只是性子变得阴郁冷沉，曾经的少年气不再。身边的好友松了口气，起码有好转，一切会慢慢好起来的。

元宵节，江都下了一场大雪，本以为会转好的梁嘉词忽然情绪失控，冲到医院哭着求父亲救救春舒。

那天晚上，医院的楼道里全是他无助的祷告。

三天后，他收到了春笙的消息。

春舒走了。

死于脑癌，走在春天来之前。

春天，梁嘉词收到了春舒的第一封来信，才知道了真相。

春舒骗了他。

在他们重遇的第二天，她体检结果确诊了癌症晚期，无力回天，等待她的只有死亡，可她不忍他失望，他说他才追上她，才和她在一起啊……她便找上了他的父亲，和所有人一起撒了这个谎，让他以为她还可以治好，他们还有未来，而在一场私奔后，她彻底消失在他的世界里。

春舒骗了他，唯独只骗了他……

第二年春天，梁嘉词收到了春舒的第二封来信，他拍了人生的第一部电影。

第三年春天，他在首映礼后台收到了第三封来信，他将信折叠好放到西装胸前的口袋。

电影放映时，他悄悄离开，开车去往野外的墓园。

副驾驶位上放着一束野雏菊。

那天那场电影的开头写着：

此电影献给我的妻子，春舒。

· 终卷 ·

稗子的春天

第十一章
最后的最后

送你春花

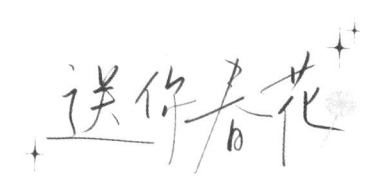

小年，江都下了一场大雪，老人家说在四季不明的江都，雪每年下的量是一样的，下完了，就入春了。

春笙进来看到的便是这样一幅场景。

春舒戴着鼻氧管，脸色苍白，虚弱地靠在墙上，呆呆地望着窗外，久久没有回神。

江都已经下了几场大雪，春笙在来的路上被冻得面颊通红，微微喘着气，因为太冷跑着上楼暖和身子，但仍紧抱着怀里的保温盒，躬身护着。

自从转到隔壁医院后，春笙已经习惯了姐姐常常一个下午坐在那儿看着窗外，什么也不做，就是呆望着。窗外最显眼的高层建筑是先前她和嘉词哥住的小区。

母亲从卫生间出来,打断他的思绪,斥责他急跑摔倒了怎么办。

用完晚餐,母亲推着姐姐在医院内走走。他跟在轮椅旁边,看到她手背上出现新的淤青,心疼却又不知道怎么表现,扁了扁嘴。

"春笙,你别拍了,过来看看你姐姐,我去便利店买东西。"彭洁玉叫了声落在后面的儿子。

春笙收好摄影机,走到春舒身边,望着四周,看了眼便利店,回头发现姐姐的眼神落在自己手里的摄影机上,他往后藏了藏,她只是笑了笑,继续看着前方。

今晚春舒想一个人过夜,彭洁玉不放心,但也知道女儿在他们面前有压力。现在他们一家就住在附近,路程不远,来回很方便,最后她请了护工看守一晚,明天一早再过来。

护工阿姨晚上十一点才会过来,春舒拿出春笙新借来的书,缓慢地翻看几页。

她的状态越来越差,看东西也变慢了,一页可能要反复读上几次才明白是什么意思。

差不多到了九点,春舒收起桌板,发现桌上是春笙常拿的摄影机。应该是他不小心忘记拿回家了,她定定地看了几秒,把桌板展开放好。

然后她又下床翻出收在柜子最里层的盒子,换上淡绿色的衣裙,戴上那顶假发,最后因使不上力拆下鼻氧管,只能继续戴着。

在床上缓了近十分钟,她拿过摄像机,握着全黑的机身反复抚摸，似乎能摸到爱人的体温。

冬雪消融，树枝抽出新芽，金融大厦一层的拍摄场地全部拉上了帘子，里面围得严严实实的，外围还有几个粉丝守着，商务区向来安静的街道变得嘈杂。

付小涛走到吸烟区，随意找了个位置站好，往后看了一眼，难得在布置下一个拍摄场景的间隙出来透透气，结果还被吵到，他忍不住吐槽："拍摄全程都拉着布帘，苍蝇飞不进去一只，这些人在外面蹲守能看到什么啊？"

同行的宥子吸了口烟："你不懂追星人的快乐。"

付小涛左右看了看，发现没有认识的人，往左移了一步，和宥子站近了些，小声说："师父你知道不，梁导和稚老师又吵起来了。梁导脾气不是一般的大，每次我在他旁边都会被他的黑脸吓到。"

宥子在圈内混了近十年，小道消息还算灵通，习以为常，笑呵呵地说道："梁导和稚老师是师兄妹，他们只要在一个组里，一定吵架。他们搞内容创作的脾气都比较烈，吵吵也正常，名场面都是他们吵出来的。"

"师兄妹啊……架子也太大了。"付小涛最近负责给几个导演跑腿，大家都很友善，除了中途才到组的梁导，看着是帅，脾气却老臭了，在他旁边都不敢用力呼吸。

宥子笑了："你们这些小年轻太急躁了，人不可貌相，他可不是小人物，去年他凭借一部电影爆火，奖拿到手软，今年也才三十岁，前途无量啊，多少人希望能跟他共事。"

付小涛惊讶："三十岁？"

回想坐在休息凳上，一身剧组几乎人手一件的黑色羽绒服、拿着剧本反复修改，还有点胡子拉碴的男人，不敢相信他才三十岁，难道搞艺术的人都走这种令人费解的打扮风格？

"行了，你少揣摩他们这些大佬，刚来就认真工作。"宥子抽完一根烟，压着付小涛回去干活。

回去路上碰到出门的稚玥，两人礼貌地喊了一声"稚老师"，稚玥微微点头示意。付小涛走进旋转门内，忍不住回身看了眼，发现她走去的方向是他们离开的吸烟区，宥子催促他，他只能收回目光。

吸烟区里，穿着黑色羽绒服的男人大剌剌地坐在铁椅上，微微垂头，头发长得遮住了一半的眉眼，露出的下巴长了圈胡茬，正打着电话，手里的烟刚抽完，他又打开烟盒低头咬住烟屁股，从里面抽出一根新的叼在嘴里。

稚玥双手插进兜里，看了眼远去的工作人员，坐在他旁边等他讲完电话。男人的声音低沉有沙粒感，还带着些不耐的戾气："你去邮局问问。再去一次，下周也去。"

对面的回答应该是否定的，他直接把电话挂断，打火机的声音响起，看去，他抬手护着火要点烟，话声淡淡："出去等。"

稚玥知道他不会在外人面前抽烟，坐着不动："国外的电影展去吗？"

"你去就好。"

"我一个副导演带团队去,主办方怎么想?"世界级的电影展,还被提名了,就她一个副导演,多没诚意。

男人不说话,揉着手里的烟玩。

稚玥看着他羽绒服里皱痕的衬衫,无奈地叹气:"师哥,出门在外你好歹也捯饬一下自己。"

梁嘉词神情疏离淡漠:"嗯。"

这语气和态度明显没听进稚玥的话。

稚玥痛心疾首,要不是有一张帅脸撑着,真的没法多看他一眼。大学期间的梁嘉词意气风发,极有少年感;工作后,不对,应该是自从春舒离开后,他变得黯然无神,清冷许多,投入工作像极了别人眼里刻板印象的艺术家:老烟枪,略长的头发,时常是阴郁的,有股糙汉气质。

身上电话响了,他摸出来接起,修长的手指捻着电话,无名指上的素戒在日光下格外晃眼。

四年了,他还没放下春舒,完全没有走出去的打算。别人玩笑问过他结婚生子的事,他说结婚就好,孩子不打算要,他不喜欢,妻子也不喜欢。业内都知道梁导特别爱妻子,第一部电影就是在妻子的启发下拍的。

知道真相的他们保持沉默没有揭穿,没必要去把伤口撕开,梁嘉词现在过得好就行。

梁嘉词听到邮局没有他要的信件,蹙紧眉头,压下骂脏话的冲动。这怒气冲的对象不是助理，他也不知道冲谁，无力极了。挂掉电话，他心里攒了闷火，拿出新的烟，准备换个地方抽。

"师哥。"稚玥站起来叫住他，"你是在等春舒的信吗？"

梁嘉词回身，漫不经心地斜也一眼："你知道？"

他每年春天都会收到一封春舒生前写的信，收信地址是他们一起住的小公寓，收信人是他。就在他以为这会变成一件每年都会发生的事时，今年快要入夏了却也没有任何来信，他不停地催人去邮局问是不是遗落了，害怕就这样不再有她的消息，陷入了无限绝望。

稚玥："在春舒去世半个月前，她给我打电话说她委托了一家专门收发信的店每年春天给你寄出一封她写的信。"

梁嘉词黑得近乎空洞的眼眸渐渐有了光，疾步上前："意思是还有，对吗？"

稚玥看他这副样子，纠结一个月的事还是说出来了："她和我说只缴纳了三年的保管费，如果第四年你有喜欢的人了，让我不要再续费，这样不会给你造成困扰。你知道我的意思吧？"

梁嘉词低下头，克制着情绪。知道啊，怎么会不知道，所有人都劝他走出来，现在连春舒都在劝他。她真狠啊，都不能再见面了，还往他心上刺一下。

良久，那边场务大喊"开工"。梁嘉词转身，走之前，说："续上吧。"

"师哥，你要不要再……"稚玥忍不下心劝他，当年他差点被退学，压着最后一年期限才毕业，真坐实了"钉子户"的外号，可见春舒的事对他打击多大。

梁嘉词打断道:"放心好了,老头子也做好我一辈子守着春舒的心理准备了,反正我也不是第一天叛逆了。"

稚玥看着他的背影笑了声。

他还是那个我行我素的梁嘉词,没变。

在去国外电影展之前,梁嘉词去了趟墓园,把新买到的野雏菊放在冰冷的墓碑前。应春舒的要求,墓碑上没放她的照片,他盯着她的名字,掏出手帕仔细地擦拭。

他随意地蹲下来,把口袋里的信拿出来,摸了摸其他口袋找烟。想到她不喜欢烟味,他收回心思,缓缓展开陈旧的书信:"春舒,你挺不道德的,寄了封信还不忘记写一份'希望梁嘉词能完成清单',就这么怕我想不开?你想多了,我要好好活着,做一个酷帅的老头子。"

他盯了几秒,把最后一项划掉,说:"已经拍了一部让梁嘉词骄傲的电影,比你的预想完成得要早。"

梁嘉词舍不得丢了,又把这封信收好,取出新的信拆开。

是春舒的第四年来信。

看完他叠起来收好,这时的态度还是散漫的:"你说的,我可都帮你做到了,你可不准背着我在下面找其他人。"

回应他的只有墓园的寂静,能触碰到的也只有冰冷的墓碑。

再过了一会儿,再抬头的时候他的眼睛发红:"你就这么希望我找新对象啊，我偏不，等我看遍这世界的美景，见到你时说出来让你羡慕死。"

他又低下了头，缓了许久，摸着她的墓碑："春舒，人这一辈子不是只有爱情，如果不是遇见你，我也就不曾知道爱情的样子。你少操心了，我爸妈都不管我，你怎么还婆婆妈妈上了，明年你要是还是絮叨这些情情爱爱的事，我记下了，以后下去了和你吵架就翻旧账。记住了，你得对我负责，得和我结婚……得爱我。"

知道了吗？春舒，你别想抵赖，我就是不走了，永远在你身边打转烦你。

回去后，梁嘉词把这封信烧了，这是他唯一不愿意保存的书信。

在橘黑的火焰里，皱皱的纸烧出棕色的痕迹，勉强能看清上面的字迹略微歪扭，写着：

> 梁嘉词，我真的很爱你，想活下去，可惜怕发生的还是发生了。别太早看到这封信，希望此刻的你已经儿孙满堂，我只是你那年少时期极淡的一笔。

《送你春花》这部电影在海外国际电影节获奖，再次在国内火起来，不少人重温电影，第二天就登上了热榜第一，少男少女在山间互赠野雏菊的情节成了经典名场面，盘点合集必提名，背后的故事也引来不少人关注。

关注这部电影的也有业内人士，周五要和某个投资商聚餐，出门前稚玥和白莓千叮咛万嘱咐梁嘉词要穿得体些，他只能把压箱底的衬衫和风衣拿出来。

见面时，白莓远远瞧见走来的大高个帅哥，凑到稚玥耳边说："难得啊，真的太难得了，师哥打扮一番秒杀多少圈内帅哥。"

稚玥点头："胡茬剃了，年轻十岁。"

白莓："最近电影又火了，网上有人扒师哥的个人信息，最先被扒出来的是他'延毕钉子户'的黑料。"

稚玥不道德地笑了笑。

现在网上有不少人在讨论这部电影，一个关于天才少女临死前的故事。但是网友们并不知道电影的女主原型就是春舒，梁嘉词给女主取名春凉，网友们只以为是为了符合电影主旋律取的"凉"字，还有不少人因为开头那一行字羡慕梁导和妻子的神仙爱情。知道内情的好友识趣地没在梁嘉词面前提起过，改主角名是因为他想让世界知道春舒的故事，又不愿意已经长眠的她被人打扰，所以才这么做了。

饭局上免不了聊起这部成功的电影，梁嘉词含着笑同投资商喝酒聊天，看不出端倪，反而是坐在身旁的两个师妹看着心疼。

聊得差不多了，白莓站出来说了几句场面话，拦下喝得烂醉的梁嘉词，稚玥给丈夫周臣景打电话，让他过来接人。

梁嘉词住的还是医院旁边的那所小公寓，幸好有个体型相当的周臣景在，轻松地把他扶上了楼。

屋内的陈设几乎和春舒离开前没有区别。

稚玥把醒酒药和温开水备好放在床头才离开。

梁嘉词躺了十分钟,颓丧地坐起身,习惯性地看着另一边空荡荡的床铺,摸了摸,像以前很多个深夜那样,夜里醒来第一时间看向睡在身旁的她。

他完全没有在酒桌上那副烂醉的模样,坐了一会儿,他起身去阳台,抽了一根烟后回到客厅,在电视机前站了好一会儿,从柜子里拿出了珍藏的光碟。

白色的光碟上面有用马克笔写的记号,这是电影初剪辑的版本,和如今播出的完全不一样。

他坐在沙发里,静静地看完整部电影。

这个版本里,是以春舒的视角去描述整个故事。和播出的版本完全不一样,电影是以他的角度去说整个故事,是他眼里的春舒。

春舒曾说,如果要写她,就要写她见识短浅、她画地为牢、她不好就对了。

他并没有这样写,电影里的她博学多才、才华横溢、视野开阔,还去周游世界了。

春舒有很多遗憾,她没能去看一眼这多彩斑斓的世界,而没有做成的事,在电影里都完成了。

春舒在他这儿,永远最好。

电影片尾曲播完,有一段录像,是正式上映的版本里没有的。

镜头里,穿着绿色裙子、打扮漂亮的女孩对着镜头淡淡地笑了笑,鼻氧管暴露了她此刻糟糕的身体状态。

"梁嘉词，你好啊，你最近过得好吗？"

使不上太大力的一声憔悴问好让梁嘉词每看一次都会忍不住难受，眼睛泛红。

摄影机是他找上春笙帮忙拜托拍摄的，以为不会被发现，可春舒是谁啊，怎么可能猜不到。

镜头前的春舒还是在笑着说话："我最近还在看你说的那些书和电影，也不无聊，过得挺好的。

"都要走的人了，不该留下太多东西，可到最后我还是想和你说说话。请你原谅我最后才告知你真相……

"我的人生，多是平淡，少有欢喜。

"梁嘉词，你是少有的那部分。

"我觉得死亡并不可怕，最令我难过的是遗憾。"

她没说什么遗憾，而电影里演绎的全是她的遗憾。

春舒对着镜头沉默许久，好像在透过镜头注视着他，电量快没了，她才说："我想再看一次漫山遍野的雏菊。

"梁嘉词，来年送我春花吧。"

·番外卷·

番外一
第27束春花

Hidden love feelings

送你春花

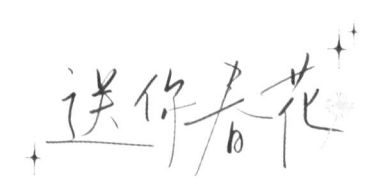

我叫梁嘉澍,今年七岁,是江都小学一年级的学生。

因为爸爸在家族辈分大,我有个大我三十五岁的远亲堂哥叫梁嘉词,他是一个很了不起的导演,拍摄的电影拿过许多大奖,是他们圈子里响当当的人物。

但就是这样一个别人眼里的大人物,不工作的时候,每天都会按时接我上下学。

我当然更喜欢爸爸妈妈来接我,不过堂哥每次都会带我去街边小吃摊吃到肚子鼓鼓。我想了想,爸妈不来接我也不是什么大问题。

在外人眼里,工作中的堂哥严肃刻板、脾气火暴,写剧本时和稚阿姨吵得没完没了,拍摄时和白阿姨吵得没完没了,讨论电影宣传方案时和涂姐姐吵得没完没了。

嗯……其实他们也是为了拿出最完美的作品才坚持个人立场，没有任何恶意，私下他们关系真的很要好！

这是别人接触到的堂哥，相反的，他在我眼里是个有点孤僻的大人。

逢年过节吃完团圆饭，堂哥就一个人坐在祠堂出神，或者看他珍藏的书信，那一刻我感觉他离我们特别遥远，似乎快要抓不住，随时会离开我们。

伯父说他是嫌弃我们小孩吵闹躲起来了，伯母说他是在想某个人。

堂哥就这么坐着，直到稚阿姨他们来找他出门聚会，他敛起所有的情绪，又回到那个我熟悉的堂哥。

堂哥除了我们本家，还有一个"家"和"家人"，他一年回那个家一次，很神秘，我并不知道太多关于他另外"家人"的信息。

二年级那年，我第一次遇到妈妈说的堂哥另一个家的"家人"。

下午放学他来接我，悄悄带我去吃心心念念许久的快餐，我吃得满嘴都是，他给我擦嘴时一通电话打进来，他腾不出手，差点当成某个烦人的投资方的骚扰电话挂掉，瞄了一眼，发现来电是城区公安分局，他快速接起。

对方才说了三句话，他就急急忙忙地拉着我走。小短腿跟不上大长腿，我被提着衣领走到停车场，一路狂奔，差点喘不过气来，以为再也见不到漂亮的妈妈了。

到了警局，我见到了一个男生，个子很高，一身戾气，鼻青脸肿，如果不是穿着校服，我会以为他是街边的小混混。

他见到我们时眼神闪躲，堂哥进到办公室和警察商谈，我只能和他并排站着。当时我害怕极了，怕他会揍我，默默在心里盘算等会儿逃跑的路线，毕竟我身板小，打不过他。

有一个长相温柔的警察姐姐来问我要不要吃东西，我牵住她的手，跟她去了办公室，不想再和坏小孩待在一起。

他好像看出来我的心思，嚣张地扬起下巴，随意地坐在凳子上，被撕坏的衣领反而让他看起来更不好惹，冷冷地瞥了一眼过来，又非常不屑地移开。

真是没有礼貌的大孩子！

我跟着大姐姐去到办公室，安静地等堂哥办完事。

大家都当我是小孩，说事情没避着，我也知道了那个男生进警局的原因。

他以前是优等生，家庭遭遇重大变故后，性情突变，上初中之后自暴自弃，堕落成了问题学生，这已经不知道是他第几次来警局了。

难怪他坐姿这么放松，好像在自己家客厅一样。

堂哥出来后，他们在走廊说话，我远远看着，听不清他们说什么，只能从表情判断，他们吵架了。

最后堂哥撂下最后一句话，牵着我离开。

到了门口，我忍不住回头看了一眼，发现他竟然在哭，大孩子和小孩子哭起来没什么区别，都是用袖子乱擦眼泪。

他明明是个坏孩子，为什么还要哭得这么伤心？

我不知道堂哥和他是什么关系，为什么他在学校登记的紧急联系人会是堂哥，堂哥也从不和家里任何人提起那个男生。

直到三年级的暑假快过完，院子里大树上的知了叫声越来越大，我在堂哥家吃刨冰追动漫，一个男生提着一袋水果登门拜访。

堂哥开的门，男生见到他便开口叫姐夫，我下意识地回头看墙上挂的照片。

我年纪已经不小了，能厘清他们之间的关系，原来他是合照里女人的弟弟。

他叫春笙，此时是一副好学生打扮，气质温润，和一年前把警局当成自家客厅的刺头完全不一样。

这次登门他是特地来给堂哥道歉的，辜负了堂哥的期待，他感到很抱歉，以后会好好学习。

迟来一年的道歉，我心想会不会是骗人的。

不过我很快对他改观，这一年他真的有在认真学习，在上个月的数学竞赛中拿到金奖，也考上了全省最好的高中的竞赛班。

堂哥非常开心，难得见他的高兴如此外露。

男生约堂哥有空一起去看他姐姐。

他的姐姐，也就是我素未谋面的堂嫂，她是全家不敢在堂哥面前提起的一号人。

大人之间说话喜欢绕弯子，其实我都猜到了，也知道她是个天才少女。可惜的是，她在二十岁那年因为绝症离开了这个世界。

家里的大人以为我不知道这件事，但我知道的比他们想象的要多，因为这些全是堂哥告诉我的。

所有人都以为不能在堂哥面前提去世的堂嫂（他们还没领证，但堂哥认定她就是他的妻子，所以我也就叫她堂嫂），担心戳中他的伤口。

我问过堂哥，介意我提吗？

他摇头，微微挂着笑，说："我希望有很多人和我提起她，要不然我会以为只有我还记得她。我想所有人都能记住她，所以我拍了我人生中第一部电影，好在成功了。哪天世界上都不会有记得我的人存在了，那这部电影还会一次又一次把她的故事告诉大家，她成了永恒。"

拍摄电影是他希望她活成永恒。

听到堂哥这句话，我想他应该非常想有一个人能和他聊堂嫂。

春笙登门拜访后，能和堂哥聊起堂嫂的人又多了一位，我真的替堂哥开心。

等到春笙去京北念大学后，又只有我一个人听堂哥说以前堂嫂的事。

我们聊过她太多次了，已经没有新的故事可以聊了，也不知道从何时起，聊到最后堂哥总会说两句话。

一句是我算是他带大的，以后老了，我要给他送终。

另一句是，以后要把他和堂嫂埋在一起。

念叨多了，我也记下了，不过我觉得离他老去是一件遥远的事。

时间慢慢流逝，我在国外完成了学业，回国进了爸爸工作的医院，成了一名医生。

堂哥听到我回来，开车来接我，要给我接风洗尘。

席间我见到了春笙，他已经是一名小有建树的脑科医生，听说我和他是同行，和我聊了不少国内行业的形势，这对刚步入医学行业的我来说是天大的好事，我只顾着和春笙聊正事，没和堂哥说几句话。

聚会到凌晨才结束，这个时间回家肯定会打扰到母亲休息，少不了挨护妻的父亲一顿骂。为了不挨骂，我决定去堂哥家借宿一晚。

这么多年过去，堂哥没有再婚，还住在原来的房子，这里已经从新小区变成老小区。

这间小屋装满了他们的回忆，所以堂哥一直没有更换住处，就连屋子里的布置也没有改变，保持着堂嫂还在世的样子。

我走在堂哥身后，看着他已经花白的头发和不再挺拔的身板，我意识到自己长大了，他也变老了。

感慨不到三秒钟，进到屋子，堂哥拿出珍藏的好酒叫我陪他喝两杯。

是我低估他了，从事文娱行业的堂哥就算老了，也是个穿搭有品位的帅老头，精力不输年轻人。

今天的堂哥特别开心，原来是收到了堂嫂送的书信。

堂嫂在去世前写了很多封书信，每年春天堂哥都会收到一封，如今已经装满了两个盒子。

他高兴地分享着信的内容，这是十年来他收到的最长的一封信，堂嫂写了他们刚交往去海边游玩的趣事。

说到后面，堂哥悄悄抹了泪。

我知道，他想她了。

日子和每个稀松平常的往日一样在进行着，我的工作非常忙，多数时间自己住，周末会回家陪爸妈，偶尔去堂哥家。

某天堂哥给我打电话，问我下周三能不能空出时间陪他去看堂嫂，我欣然答应。

周三，我载着堂哥去往郊外墓地，同行的还有春笙，他现在已经有了自己的家庭，还是脑神经科知名的专家，研究的方向正是堂嫂所患的绝症。

去之前，堂哥买了一束白色的雏菊，小心地护在怀里，不让娇嫩的花瓣有任何受损。

堂嫂的墓在半山腰，是堂哥选的，因为越高的地方能眺望的风景越多，为此堂哥还亲手将整片山野都种满了白色雏菊，春天一到，风一吹，遍地开花，美得像仙境。

上去花了十多分钟，堂哥走一会儿停一会儿，气喘吁吁的。

我站在他身后，嗓子涩得难受。

我明白了为什么总喜欢一个人看望堂嫂的堂哥叫了我和春笙同行。

他已经老了,老到快走不动了。

去到墓前,堂哥把精心挑选的那束雏菊放在干净锃亮的黑色墓碑前,从胸前拿出手帕,细心擦拭,面带柔和的微笑。

墓碑上写着"春舒之墓",旁边空了一个位置,是堂哥留给自己的,还特地交代我以后一定要找个雕刻技术好的师傅来刻他的名字。

我和春笙在不远处站着等堂哥。

我好奇地问春笙当年在警局堂哥和他说了什么。

春笙笑了笑,说:"姐夫骂了我一顿,以为全世界就我因为我姐去世想死吗?他也想死,但一想到我姐,他不得不活,因为我姐想他活着,灿烂地活着、不辜负一生地活着,我姐对我也是这样的期待。"

我抿紧唇,这些年,堂哥一定很煎熬吧。

站在漫山的花海里,我还听到了堂哥和春舒说的话。

他玩笑地说:"这是我送给你的第26束春花,我是不是活得比你预想的久啊。这两年你寄来的信,字压根没法看,七歪八扭,难看死了,你要是难受就别写这么多。不说这些了,听我吹牛,我可是完成了所有的承诺,做了大导演,现在行业内谁都对我赞不绝口。我出名了,他们都好奇我的感情状态,一打听也都知道了,你是我梁嘉词的妻子。"

话音暂落，许久他轻轻叹气，温柔地说："舒舒，我快走不动了，这可能是我最后一次来见你了。下次再来，我就真的能见到你了。

"来年，见到你了，我亲手给你送上春花。"

等他送她第 27 束春花，他们会相见。

万籁俱寂，风卷了一次，将他人生在世最后和她说的一句话卷向远方。

"舒舒，我好想你。"

我听得眼眶红了，心里发酸。

身边的春笙轻声哭了，我能理解，因为他同我一样，知道堂哥的思念有多真、多深、多……遥不可及。

我回头，眺望远方，满山的白色野雏菊随着风轻轻摇晃，似乎在无声回应着情人的私语。

她也一定，很想他。

番外二

浮生一梦

送你春花

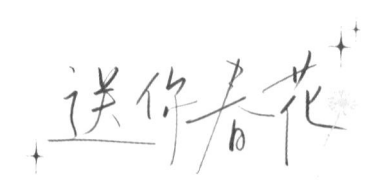

　　春舒病好之后又休养了一年才重回校园，她脑子聪明，学东西快，很快补上了落下的课程，和舍友一起如期毕业。

　　领完毕业证，她又立马领了结婚证，因为顺利保研，别人毕业开始上班，她用三个月的假期和梁嘉词出国度蜜月。

　　研究生毕业后又顺利读博，课业越发忙碌，春舒和梁嘉词一直是分居状态，他常年泡在剧组，忙得不可开交。

　　梁嘉词最近在拍一部侠客电影，要在深山老林待满四个月，演员还没喊苦，拍摄才进行一个月，他第五次从剧组偷溜被白莓抓到。

　　白莓黑着脸将他拽回酒店，房门一关，吼道："你几岁了还搞这一套，全剧组都在等着你，肩上责任多重，你不知道吗？"

梁嘉词憋屈地拉紧外套,缩在沙发角落,说道:"中秋了,想和我老婆吃顿饭。"

白莓无语:"小舒不是说国庆过来吗?"

"国庆是国庆,中秋是中秋。"梁嘉词肩膀一塌,"我想我老婆。"

白莓抄起剧本甩过去:"给我滚回去拍戏,小心我和小舒告状。"

"别,我拍我拍。"梁嘉词换上笑脸,"你别和她说。"

要是春舒一个不开心,国庆也不来看他可怎么办。

白莓看着梁嘉词跑开的背影,深呼吸一口气,摁住眼角,劝自己不要生气,护肤品很贵的。

可她越想越心堵,她是不是上辈子欠了两位师兄师姐的,这辈子要给他们做牛做马偿还。昨天稚玥消极怠工一天,她做完思想教育,得到一句"师妹你别气,容易老得快",晚上护肤看到眼角的细纹,吓得她多抹了一层眼霜。

梁嘉词收到白莓的警告,变得十分敬业,没有再做出格的行为,也在国庆前一天接到了来探班的春舒。

春舒人没到,梁嘉词订好的奶茶先到了。

副导看了眼小助理送来的奶茶,好奇地问:"今天是什么特殊日子吗?梁导请全剧组喝奶茶。"

"假期啊,国庆节。"稚玥戴着墨镜躺在休息凳上,昨晚她熬夜写剧本,此时萎靡不振。

副导蹙眉:"我们去年国庆也在拍戏,可没有这么好的福利啊。"

"因为去年他回家过节啊。"稚玥扯下墨镜,露出满是血丝的眼睛,"今年他行程紧回不去,他老婆来组里,懂了没?"

副导恍然大悟。

原来是老婆要来探班,难怪前天一场戏重拍了十多次他也没生气,甚至和颜悦色地和演员讲戏。

春舒将行李放在酒店前台,背着一个小包跟车进山,又走了一公里的路才看到正在认真工作的梁嘉词。

像有感应一般,梁嘉词回头看到春舒,勾起唇角,转身朝她奔去,抱起她转了两圈。

春舒拍他肩膀,埋起头:"放我下来!都在看着!"

梁嘉词在她脸颊留下几个吻才舍得放她下来,接着一把将她搂到怀里,向大家介绍道:"这是我太太,春舒。她过来玩几天,大家多多关照。"

全场人鼓掌表示欢迎,梁嘉词中午请喝奶茶的行为让全剧组把春舒的到来当成福星降临,恨不得她住下不走了。

来到人多的地方春舒还有些局促,但大家超乎想象的热情让她很快放松下来。

她坐在梁嘉词的休息凳上等他,好奇地观察剧组的每个角落。

拍完一场戏,下一场戏布景的间隙,梁嘉词跑向春舒。

剧组进山带的东西不多,舒服的椅子就几张,梁嘉词让给了春舒,他就拿着一把便携的折叠小凳子坐在春舒身边。

他凑脸上去,春舒先是看了圈周围,发现没人注意他们才敢扯出纸巾给他擦汗。

"山里虫子多,又闷又晒,等会儿我让小涂先送你回去。"梁嘉词抓住她的手,太久没见面,光是贴贴不过瘾,他在她虎口轻轻咬了一下。

春舒被他吓到,抽回手背到身后:"脏……"

梁嘉词一把抱住她,蹭了蹭她的肩头:"我们舒舒香香的。"

"好了……大家都看着,你可是导演。"春舒小声提醒他。

梁嘉词才懒得管:"看就看,他们心里肯定羡慕我有冰雪聪明、美丽漂亮的老婆来探班。"

春舒笑了笑。

趁着她不注意,梁嘉词倾身,在她唇上偷了一个香。

看着春舒的脸逐渐变红,梁嘉词捏了捏,低声说:"这点就脸红,要不要这么可爱啊。"

下一个场景快搭建好,春舒适时地提出离开:"好啦,你先忙,我回酒店等你。"

梁嘉词想她陪着,但更担心她的身体,马上招呼人把她送回去。

晚上十点,梁嘉词收工回到酒店,春舒已经洗好澡躺在床上看文献。

梁嘉词走到床边蹲下,头埋到春舒手边:"好累啊,明天想旷工。"

春舒摸了摸他的后脑勺,笑着说:"你是导演,你不到场大家怎么开工?"

"今年的行程排得有点满,等这部电影杀青了,我再带你去旅游。"梁嘉词答应过春舒,要带她去看这世界的美景,每年都会一起出游一次。

春舒说:"等你杀青就过年了。"

梁嘉词露出悻悻的表情,他不想食言,更不想找托词说明年出门旅行两次,说好一年一次就是一年一次。

"其实不是每次都要出国或者出省,我们省内的城市都没走完,等下次有假,我们到附近玩也不错。"春舒倒是无所谓,只要能和他一块儿就好。

梁嘉词眉间的阴霾渐散:"那你想去哪儿?"

"去濛城怎么样?叫上学长学姐们一起,我们已经很久没聚了。"春舒语气里是藏不住的兴奋。

梁嘉词有点不乐意,二人世界,这些人瞎凑什么热闹。

"住民宿啊?"梁嘉词臭着脸问。

春舒笑:"嗯,咱们住一个房。"

梁嘉词哼了一声:"这还差不多。"

十一月中旬,剧组休假一周,梁嘉词连夜赶回江都,凌晨三点到家,洗完澡,轻手轻脚地爬上床,抱住春舒亲了又亲,把人弄醒。

春舒要不是昨晚得知他今晚会回来,她会以为家里进贼了。

梁嘉词连轴转赶进度,嘀咕不到几分钟,抱着春舒睡着了。

一觉睡到中午,直到祁子薇打电话来催,他才从美梦中醒来。

简单收拾一番,一行人出发去濛城。

已经毕业多年,几人在各自的领域已经是精英了,凑到一起却还是"叽叽喳喳"吵个不停,像玩疯了的小学生。

用过晚餐,已经成家的那几个带着孩子去找贝壳、抓螃蟹。

梁嘉词牵着春舒,赤脚踩浪,慢悠悠地沿着海岸线散步。

春舒笑着看孩子笨拙地用赶海玩具,眉眼温柔,回头时,和梁嘉词对视上。

"我没多想。"她捏了捏他的虎口。

结婚多年,他们没有要孩子,以后也不打算要孩子。

梁嘉词说了,这辈子他就想守着她一个人,她健健康康的,比什么都好。

她知道他是害怕她再生病住院,她也心疼他,不愿意他再经历。

太阳西沉,天际线渐渐变成了暗橘色,海风温柔地吹。

"真好啊。"春舒说。

风吹乱她一头长发,在风中自由地摇晃,美丽的晚霞都成了背景板。

梁嘉词:"怎么突然说这话?"

春舒吸了一口夹带腥味的空气,莞尔笑着说:"我一直想再来濛城一趟,上次我们没赶上落日最美好的时刻,这次看到了。人生没有遗憾了。"

梁嘉词侧脸，含情脉脉地注视着爱人温柔的脸庞。

这么多年过去了，她一点都没变，还是和二十岁一样，他倒是老了许多，头发花白了，眼角生了皱纹。

他让她等着不要动，急急地跑去街边的花店买一束花。

店铺还是原来的店铺，但老板换了新面孔，听说他是要送给妻子，包扎的时候还特地送了几朵蜀葵花。

梁嘉词捧着花回到海边，天边只有最后一缕光，沙滩上空无一人，他四处找寻春舒的身影。

"堂哥，时间不早了，回去吧。"

身后响起一道声音提醒他。

梁嘉词伸出手，看到自己老皱的皮肤，大梦初醒，心中空落落的。

最近每走过和春舒去过的地方，他总会做一个美梦。

他放下那束蜀葵花，转身离开，身体微颤，但步伐很稳健，岁月使得那个张扬不可一世的少年蜕变成如今沉稳从容的年迈老者。

濛城、海边、鲜花，是他对这个世界的最后一场告别。

同年十二月，梁嘉词又一次上了热搜，但不是因为电影，而是他的讣告。

新闻里，主持人介绍着他的生平事迹：

"梁嘉词，著名导演、编剧，因病于家中离世，终年五十四岁。一生奉献于电影事业，创造了无数令我们动容的故事，而他的生命短暂而灿烂,让我们再来回顾他的经典名作。"

电视里,一场盛大的告白正在上演。

风卷云舒,洁白的花海中,少年赠花给少女,他们相视一笑,心心相印。

远在城郊的雏菊花海墓园,梁嘉词的名字终于刻在了春舒的旁边。

来年,他可以亲手赠出那束春花。

这一次,他们一定不会错过春天。

全文完

送你春花